# LOS SECRETOS DE LOS DUENDES

GRANTRAVESÍA

Los secretos de los duendes

Título original: *Goblin Secrets*

© 2012 William Alexander

Traducción: Verónica Murguía

Ilustración de cubierta: Erwin Madrid
Adaptación de cubierta: Rodrigo Morlesin

Publicado originalmente por Margaret K. McElderry Books, un sello de Simon
& Schuster Children's Publishing Division. Esta edición se ha publicado según
acuerdo con Barry Goldblatt Literary LLC y Sandra Bruna Agencia Literaria, S.L.

D.R. © Editorial Océano, S.L.
Milanesat 21-23, Edificio Océano
08017 Barcelona, España
www.oceano.com

D.R. © Editorial Océano de México, S.A. de C.V.
Blvd. Manuel Ávila Camacho 76, piso 10
11000 México, D.F., México
www.oceano.mx
www.oceanotravesia.mx

Primera edición: 2014

ISBN: 978-607-735-315-7
Depósito legal: B-16839-2014

IMPRESO EN ESPAÑA / PRINTED IN SPAIN

9003906010714

# WILLIAM ALEXANDER

# LOS SECRETOS DE LOS DUENDES

Traducción de
**Verónica Murguía**

**GRAN**TRAVESÍA

Para Liam

Acto
primero

# Acto primero, escena primera

Rownie despertó cuando Graba golpeó en el techo desde el otro lado. Comenzó a caer polvo de yeso. Graba volvió a golpear y las canastas que colgaban de las vigas se sacudieron.

Rownie se incorporó y trató de quitarse el sueño y el polvo de yeso de los ojos a punta de parpadeos. El suelo estaba cubierto por una cama de paja, mantas cosidas con ropa robada y hermanos dormidos. Dos de ellos se arrastraron fuera de la paja, Blotches y Stubble. Blotches tenía el pelo naranja, pecas anaranjadas y dientes anaranjados. Stubble era el mayor, el más alto y le gustaba decir que tenía barba. No era así. Tenía algunos pelos en la punta del mentón y en las mejillas, cerca de las orejas.

Su hermana, Vass, salió de la habitación de las niñas, que en realidad era el mismo cuarto con una sábana colgada en el medio. Vass era su nombre desde antes de venir a vivir a casa de Graba. A veces, los nietos de Graba conservaban sus nombres. A veces se ponían otros. Blotches y Stubble se habían puesto esos nombres.

—Apresúrense —urgió Vass.

Rownie se levantó, se peinó quitándose con los dedos la paja del pelo y se movió del centro de la habitación tropezando. Se quedó al lado de Vass y Blotches mientras Stubble tiraba de la cuerda que bajaba la escalera desde el techo. El olor mohoso del ático de Graba bajó también.

Vass subió. Los otros la siguieron. Rownie fue el último.

En el ático de Graba había pájaros por todos lados. La mayoría eran pichones, grises y sarnosos. Otros eran pollos. Y algunos pájaros, más grandes y extraños, se agazapaban en los rincones oscuros y vigilaban.

Graba estaba sentada en un banquito, cerca de la estufa de hierro, con las piernas ocultas por las pesadas faldas.

—Cuatro nietos —dijo—. Hoy tengo a cuatro de ustedes. Suficientes para lo que tengo en mente ahora.

La palabra "abuela" no significaba "madre de la madre" o "madre del padre" ni para Rownie ni para los otros niños que vivían, a veces, en la casucha de Graba. En ese hogar no había madres ni padres, y la palabra "abuela" significaba Graba y nada más.

Los cuatro niños, alineados frente al banquito, esperaron. Dos pollos picoteaban entre las duelas, buscando semillas.

—Necesito que lleven huevos al puesto de Haggot —dijo Graba. Señaló a Stubble y a Blotches, pero no dijo sus nombres. Quizá no los sabía—. Hoy va a estar en el mercado del Lado Norte. Cambien los huevos por granos, la mejor comida para pollos que encuentren. Y tráiganmela. ¿Pueden hacerlo ya?

—Sí, Graba —Stubble levantó una caja de madera llena de paja y huevos. Los cuatro hermanos dieron la vuelta para irse.

—Esperen —dijo Graba. Se quitó una pequeña bolsa de cuero que le colgaba del cuello y se la dio a Vass—. Cuélgala sobre las cadenas de la puerta de la torre del reloj. Repite el conjuro que te enseñé anoche y retírate cuando lo hagas. Ten cuidado con esto. Es un regalo de bienvenida al hogar y ya está a punto.

Vass tomó la bolsa con cuidado.

—¿Qué tiene adentro? —preguntó.

—Un cráneo de pájaro, relleno con cosas. Si haces bien lo que te ordeno, te enseñaré cómo hacerlo.

—Sí, Graba —respondió Vass.

—Vayan —dijo Graba—. Todos menos el más pequeño. Rownie se queda aquí conmigo.

Rownie esperó. Se preguntó por qué Graba sabía su nombre. Ella recordaba los nombres de aquellos a quienes les había echado el ojo, y no siempre era bueno que Graba se fijara en ti.

Escuchó los pasos de Vass, Stubble y Blotches mientras bajaban las escaleras.

—Dime, Graba —dijo Rownie.

—Se le ha acabado la cuerda a los huesos de la pierna —dijo ella— y quiero que les des cuerda.

Extendió una pierna mecánica de debajo del banquito. Tenía forma de ave, la garra con tres dedos adelante y un espolón detrás. Toda la extremidad estaba hecha de cobre y madera.

Rownie tiró de la manivela oculta en la espinilla y le dio vueltas, mirando cómo se movían los engranajes y las cadenas y los resortes de adentro.

Graba siempre decía que el señor Scrud, el fabricante de objetos mecánicos, no tenía la suficiente destreza para hacerlas con forma humana. Vass, en cambio, murmuraba que Graba necesitaba las piernas de pollo para sostener su enorme humanidad, que algo más pequeño no bastaría y que Graba no podría caminar ahora si no hubiera perdido las piernas con las que había nacido.

Stubble decía que Graba había sido marinera o una bruja naval y que perdió las piernas en un ataque pirata. Que había matado a algunos de los piratas con una mirada y una risotada y un rizo de su pelo antes de que le cortaran las piernas con sus espadas oxidadas. Siempre alargaba la palabra "oxidada" cuando contaba la historia. "Espadas oxxxxidadas. ¡Ja!" y le pegaba en las corvas a Rownie con un palo y lo tiraba al suelo.

Stubble contaba la historia con frecuencia. La primera vez, Rownie lloró y el resto de los nietos de Graba se rieron. La segunda, Rownie miró a Stubble con enojo desde el suelo. La tercera vez, Rownie se había caído hacia atrás a propósito, alzando los brazos e imitando la voz oxidada de Graba: "¡Maldito seas, rey de los piratas!" (y es que para entonces la historia se había alargado y los simples piratas de río se habían convertido en un barco timoneado por el rey de todos los piratas).

Todo el mundo había reído. Stubble lo había ayudado a levantarse y después de eso ya no le pegó tan fuerte mientras contaba la historia, porque Rownie no podía decir su parte si se quedaba sin aliento por el dolor y agarrándose la pierna. Dolía, pero no tanto.

Ahora la historia era casi una obra de teatro. Eso era peligroso. La actuación estaba prohibida en Zombay.

Rownie terminó de dar vueltas a la manivela izquierda y la plegó en la espinilla. Graba recogió la pierna izquierda y extendió la derecha. Rownie sacó la manivela derecha y le dio una vuelta. El engranaje rechinó. Graba agitó las manos y puso cara de enojo.

—Necesita aceite —dijo.

Estiró el brazo hacia una de las vigas y metió la mano en un nido. Sacó un huevo marrón y pequeño, y se lo metió en la boca. El huevo crujió.

—Ya no queda aceite para engranajes —dijo, con la boca llena de cascarón—. Ve al taller de Scrud por una botella pequeña. Le pagué de más por una reparación de piernas y me quedó a deber. No le permitas que te diga otra cosa.

—Sí, Graba —contestó Rownie. Plegó la manivela, esquivó a un pollo y bajó corriendo las escaleras.

Tomó su abrigo, aunque afuera hacía un poco de calor para andar con abrigo y trató de salir por la puerta. La puerta no se movió. Rownie se acordó que no podía moverse. Graba cambiaba la casa de lugar de cuando en cuando. Sacaba a todo el mundo, levantaba la choza y se la llevaba a otra parte.[1] Después dejaba entrar a todos, si es que la encontraban. La última vez que había movido la casa, colocó la puerta de entrada contra una pared vecina. "Usa una ventana", dijo cuando Vass se quejó. "Me gusta más la vista desde aquí".

Rownie trepó por la ventana y saltó a la calle.

# Acto primero, escena segunda

La parte sur de la ciudad estaba polvorienta. Rownie trató de no pisar ninguno de los montículos de tierra que se amontonaban por las calles. Cada mañana los barrenderos barrían sus casas y dejaban grandes montones pardos a un lado de la entrada. Cada día el polvo regresaba lentamente al interior y cubría el suelo. Había una especie de pez que nadaba en el polvo del Lado Sur y una especie de ave que pescaba con su largo pico en las dunas de polvo. La vida de los barrenderos se ponía interesante durante las temporadas de desove de los peces de polvo.

Rownie se puso el abrigo, que le quedaba muy grande. Era color polvo o de otro color, pero tan cubierto de polvo que no se sabía cuál. Deseó que Graba lo hubiera enviado al mercado con los otros, en lugar de al taller del señor Scrud. Tenía hambre. Graba no tenía la costumbre de alimentar a sus nietos, pero a menudo los ponía a trabajar en asuntos de comida. Los demás comprarían pan y galletas, además de la comida de los pollos, y los devorarían en el camino de regreso a casa. Seguro que no le guardarían ni una migaja y Rownie no podía beber aceite para engranajes cuando regresara. Este mandado no le daría de comer.

Frente a la puerta oxidada de la vieja estación pateó un montón de polvo que lo hizo toser y se arrepintió inmediatamente de haberlo hecho. La calle por la que iba no seguía en línea recta. Caminaba bajo casas construidas una encima de la otra, con cuartos nuevos añadidos sobre pilotes o que sobresalían por los lados y los sostenían tramos gruesos de cadenas. Techos de lámina, techos de paja y tejas de madera se inclinaban sobre su cabeza, casi tocándose a través del camino.

Rownie no era muy alto, pero la gente se apartaba a su paso. Las personas siempre se quitaban cuando pasaban los niños de Graba.

Llegó al puente del camino del Violín.

Dos violinistas estaban a cada lado de la entrada. Tocaban duelos de melodías entre ellos. Había dos sombreros en las piedras frente a ellos y ambos estaban medio llenos de monedas.

Rownie recogió una piedra del suelo, como siempre que atravesaba el camino del Violín. La piedra era gris con una línea anaranjada en la mitad. La llevó con él a través de la entrada, a través del fuego cruzado de notas musicales y a lo largo del puente.

El camino del Violín era lo suficientemente largo para desaparecer en la niebla de un día nublado. La avenida central había sido reparada varias veces con piedras antiguas y nuevos trozos de acero. Había tiendas pequeñas y apartamentos a los lados, separados por callejuelas de las que a la distancia se veía el río Zombay.

Rownie pasó frente a músicos de diferentes tipos y junto a sombreros vacíos que apartaban los lugares de los que aún no habían llegado. Pasó junto a pilas de bosta de caballo y de vaca y de otros animales más, pero el olor no era tan malo como en los caminos del Lado Sur. Los vientos del río limpiaban el aire del puente. Se aseguró de que los faldones de su abrigo no se mancharan con la bosta.

Varios miembros de la guardia marcharon hacia Rownie, con el capitán al frente. Rownie se dio cuenta de que el capitán iba a fingir que no había reparado en él, pero esperó un poco más de lo necesario para quitarse del camino. Sabía que no lo podían detener en el camino del Violín. El puente era un refugio. Nadie era arrestado mientras estuviera sobre el puente. Rownie concluyó que la mayor parte de las casas habían sido construidas por contrabandistas y gente de ese tipo, de la que no podía poner un pie en la ciudad, en ninguno de los dos lados.

El capitán de la guardia trató de mirar a Rownie e ignorarlo al mismo tiempo. Su mirada era impresionante. Todos los miembros de la guardia tenían piernas mecánicas, y algunos también tenían brazos mecánicos, pero sólo el capitán tenía los ojos hechos con diminutos engranajes de cristal e iris de vidrio esmaltado. Cada iris tenía forma de engrane. Giraban lentamente con el movimiento de sus ojos.

Las botas golpeaban el puente a intervalos perfectamente regulares. La guardia siempre marchaba. La forma que tenían sus piernas les impedía desplazarse de cualquier otra manera.

—Ojalá se les caigan los pies —murmuró Rownie a sus espaldas—. Ojalá les apeste la boca a plumas de pichón.

Trató de salmodiar las palabras para convertirlas en una maldición bien hecha, para que de veras pegaran. Deseó saber cómo maldecir. Graba se sabía maldiciones excelentes, pero sólo compartía esos secretos con Vass.

Justo a la mitad del puente se levantaba la torre del reloj de Zombay. Un sol de vidrio emplomado subía en el vitral de la carátula del reloj, por encima del horizonte del paisaje de la ciudad grabado en vidrio. La carátula relucía bajo el brillo del día. Cuando el sol verdadero estaba más alto, el sol emplomado se ponía tras el horizonte de vidrio. Después, al caer la noche, detrás de la carátula, unos faroles iluminaban la diminuta luna de vidrio mientras se desplazaba a través del cielo.

Toda la ciudad estaba orgullosa de su reloj, aunque se rumoreaba que la torre estaba hechizada por los fantasmas de los relojeros. Las enormes puertas de la entrada estaban cerradas, atrancadas y encadenadas. Nadie entraba nunca.

Vass se encontraba frente las puertas, dándole la espalda al camino, repitiendo el conjuro para la pequeña bolsa de Graba. Rownie no quiso interrumpir, aunque se preguntó por qué razón Graba querría que se atara un regalo de bienvenida a la torre del reloj. Nadie vivía en la torre del reloj.

Siguió por su camino, buscando un tramo de pared de piedra especialmente bajo y allí fue donde encontró a Stubble y a Blotches. Traían la cesta de huevos con ellos. Estaban sentados exactamente donde Rownie siempre arrojaba piedras al otro lado. Rownie no quería que estuvieran allí, pero allí era donde estaban. Lo vieron. Blotches tomó uno de los huevos de la canasta y se lo ofreció. Rownie extendió la mano porque estaba hambriento, a pesar de que sabía que Blotches nunca le daba nada a nadie.

Blotches apartó el huevo y lo arrojó al río.

Rownie gritó.

Stubble golpeó a Blotches en la coronilla:

—No tires la comida. Nunca.

Miró a Rownie. Rownie deseó que le ofreciera otro huevo, pero Stubble no le ofreció nada.

—¿Le diste cuerda a su tobillo? —preguntó Stubble.

Rownie comenzó a responder pero Blotches empezó a parlotear al mismo tiempo. Blotches tenía orejas enormes, redondas y coloradas, pero no las usaba en absoluto.

—Te perdiste a los duendes —dijo Blotches.

—¿Qué duendes? —preguntó Rownie.

—Unos que pasaron en una carreta de buhonero —dijo Blotches—. Había una con unos dientes de metal, muy largos, y se le salían para todas partes.

—No es cierto —desmintió Stubble.

—Sí es cierto, hasta le lancé un huevo a ésa.

—Y atrapó el huevo y te lo devolvió. Y no eran dientes de metal, eran clavos. Los usó para clavar el anuncio.

—Que no.

—Que sí. Traía los clavos en la boca para dejar libres las manos.

—Qué tal que usan dientes de metal como clavos —sugirió Blotches— y a lo mejor les salen otra vez, al mismo tiempo que se los sacan.

—Eres un burro —dijo Stubble.

—¿Qué decía el anuncio? —preguntó Rownie, pero lo ignoraron. Lo más seguro es que no lo supieran.

—Vass ya debe haber terminado con la puerta —dijo Stubble, cambiando de tema, pero Rownie no quería hablar de otra cosa.

—No sabía que los duendes podían salir de día.

—Si lo hacen tienen que estar en movimiento —dijo Blotches.

—Los duendes nunca tienen hogar, ninguno de ellos. Por eso viven en carretas. El sol los descubre y prende fuego a cualquier lugar en el que permanecen más de un día y una noche. Por eso no son orífices, porque el oro es el metal del sol. Sólo son hojalateros. Y el acero los quema.

—Mentiroso —acusó Stubble—. No trabajan con acero porque es muy duro y pesado, por eso usan hojalata. Es más fácil.

—Y son ladrones —continuó Blotches, como si el otro hubiera estado de acuerdo con él.

—Obviamente —dijo Stubble.

—¿Qué es lo que roban? —preguntó Rownie.

—Todo —dijo Blotches.

—El niño más pequeño de cada familia —dijo Stubble—. Por eso Graba sólo nos manda a los mayores a arreglar las ollas. Nadie envía nunca a un niño pequeño a las carretas, a menos que no quiera que regrese jamás —y soltó una risilla disimulada, tres rápidos resoplidos de risa le salieron por la nariz en lugar de la boca.

—Mentiroso —dijo Rownie.

—Sí es cierto —dijo Blotches—. Y se comen a los niños que se roban.

Comenzó a cantar una canción sobre duendes ladrones. Rownie le dio la espalda y miró la piedra que traía en la mano. "Hola", le dijo en un murmullo, tan bajito que los otros dos no lo escucharon. Arrojó la piedra lo más lejos que pudo. La piedra chapoteó suavemente antes de hundirse en el río, pero no hubo ninguna otra reacción en las aguas.

Stubble dejó de cantar y le dio un manotazo a Rownie en la cabeza.

—No llames la atención del río o la creciente vendrá a buscarte.

Rownie se frotó la cabeza. No quitó la vista del agua. Miraba el río. Era enorme, no podía mirarlo mucho tiempo. Era demasiado para él. Miró hasta que tuvo que volver la cara y entonces se fijó en las paredes de la hondonada formada por las riberas y luego miró las piedras que tenía enfrente.

Rownie tenía un hermano más grande que cualquiera de los hermanos con los que compartía la choza de Graba, un hermano de verdad, hermano de sangre. Se parecían, los dos morenos de ojos oscuros —ojos cuyo fondo era difícil de adivinar—. Todos los llamaban Rowan grande y Rowan chico. Y después Rowan chico se convirtió en "Rownie". Rownie nunca había tenido un nombre propio. Su madre se había ahogado antes de tener la oportunidad de darle uno.

Tampoco sabía cuál era su edad. Vass decía una y otra vez que Rownie tenía ocho años. Se acordaba de los cumpleaños de todos, pero no siempre decía la verdad acerca de eso y Rownie sospechaba que no era sincera cuando le decía que tenía ocho. Estaba seguro de que tenía más o menos diez.

Rownie y Rowan acostumbraban arrojar piedras al río juntos, en ese mismo lugar del puente del camino del Violín. Escuchaban a los músicos y Rowan le contaba historias acerca del río y de su madre; cómo guiaba una barcaza y se había hundido con ella justo debajo del camino del Violín. Sólo Rowan logró nadar a la orilla. Y llevaba a Rownie con él.

Vass no creía en esa historia.

—Nadie puede nadar por esa parte del río. Las corrientes son demasiado fuertes. Ustedes dos se hubieran ahogado —alegaba.

Rowan se encogía de hombros.

—No nos ahogamos —decía, y era la única respuesta que daba.

Después, enseñó a Rownie cómo arrojar piedras desde el puente. "Arrojamos las piedras para decir hola. Es como si dejáramos un montoncito de piedras en una tumba. Los muertos hablan con las piedras. Los guijarros son la forma correcta de saludar". Así que

Rownie siempre saludaba cuando cruzaba el puente, aunque no recordara a su madre, o la barquita, o el día aquél en que Rowan lo llevó a casa de Graba porque no tenían otro lugar dónde quedarse.

Hacía un par de meses que Rowan se había ido. Stubble, Blotches y los demás parecían haberlo olvidado ya por completo. Pero Graba lo recordaba. "Si sabes algo de tu hermano, asegúrate de decírselo a Graba", decía. "Era un encanto. Tu Graba extraña a sus niños, a todos sus nietecitos, y se preocupa mucho por aquél".

Rownie no estaba muy seguro de que Graba se preocupara por nadie y hacía más de un año que Rowan no se quedaba en su casa. Era mayor —tenía casi dieciséis años— y ocupaba mucho espacio en el suelo de paja cuando dormía. Pero Rownie asentía y le prometía a Graba decirle lo que supiera acerca de su hermano.

"Que conste...", decía Graba.

Stubble y Blotches comenzaron a cantar una canción que trataba de inundaciones y puentes que se caían. A Rownie le pareció sumamente estúpido cantar eso mientras estaban sobre el puente. Los dejó allí y cruzó al otro lado, buscando el letrero de los duendes y, quizá, algún rastro de Rowan, como siempre hacía cuando cruzaba el camino del Violín. Encontró el letrero, pero sólo eso. Lo habían fijado con un clavo de acero. Rownie lo leyó con mucho cuidado. Era muy buen lector. Rowan le había enseñado a leer. El letrero decía:

## ¡TEATRO!

UNA COMPAÑÍA DE ACTORES TAMLINES[2] DELEITARÁ

Y ASOMBRARÁ A LOS CIUDADANOS DE ESTA BELLA CIUDAD

AL CAER LA TARDE.

DESCUBRA SU ESCENARIO

EN LA EXPLANADA DE LA FERIA.

EL TEATRO ESTARÁ ILUMINADO

CON INGENIOSOS ARTILUGIOS.

LOS ACTORES PROTAGONIZARÁN LAS MÁS HERMOSAS OBRAS

DE IMITACIÓN, ACTUACIÓN Y VERSIFICACIÓN,

ASÍ COMO HAZAÑAS DE DESTREZA MUSICAL Y ACROBÁTICA

QUE AMENIZARÁN A TODOS LOS OÍDOS Y OJOS PRESENTES.

DOS MONEDAS DE COBRE LA ENTRADA.

Lo leyó de nuevo. No podía creerlo. Lo leyó por tercera vez.

Los duendes iban a actuar en una obra de teatro. Nadie podía actuar. Nadie tenía permitido montar una obra teatral pero los duendes lo iban a hacer. Tal vez Rownie podría ver un pedacito de la función antes de que los arrestaran a todos.

Corrió y atravesó el puente, con los faldones de su abrigo hinchándose detrás de él como una vela de barco.

# Acto primero, escena tercera

En el callejón, afuera del taller del señor Scrud, había montones de engranajes y pilas de madera. Rownie escuchó que alguien gritaba adentro. Esperó en el callejón y se puso a revolver el desorden de engranajes hasta que los gritos se convirtieron en un murmullo. Entonces entró.

El ruido no cesó, la verdad. Nunca cesaba. El señor Scrud daba de gritos él solo y todo el tiempo.

—¡Hola, señor Scrud! —saludó Rownie desde el umbral, con la esperanza de que el señor Scrud lo viera más temprano que tarde. El taller olía a aserrín y aceite y un poco a podrido. Scrud era un excelente fabricante de ratoneras, pero siempre se olvidaba de limpiarlas una vez que habían atrapado a los ratones.

Planchas de madera, barras de cobre y engranajes amontonados en torres y pirámides cubrían el suelo. Sobresalían clavijas de una de las paredes, y de ellas colgaban cuerdas, cadenas, herramientas y más engranes. En otra pared había relojes, tantos, que parecía que había sido construida con ellos. Todos funcionaban, o al menos la mayoría, y los tictac desentonaban unos con otros, como si los relojes estuvieran discutiendo entre sí.

Scrud estaba inclinado en su mesa de trabajo, a la mitad del cuarto.

—¡Gelatina de algas y tontadas de duendes! —le gritó a la banca.

Su voz sonaba cascada y cansada. Dejó caer una torcida herramienta y tomó otra de la pared sin relojes. No se había dado cuenta de que Rownie estaba allí. Una cabeza de caballo mecánico descansaba sobre la banca. El caballo sí había visto a Rownie. Los ojos del autómata siguieron al niño mientras éste cruzaba la habitación tratando de no pisar nada importante.

Rownie aspiró profundamente.

—¡Hola, señor Scrud! —gritó de nuevo.

El viejo artesano lo asustaba y lo había asustado siempre, pero ya había estado tantas veces en el taller, que el miedo había dejado de importarle. Sentía el miedo, brillante y ardoroso, pero eso no le impedía estar allí, de pie en medio del cuarto y gritando el nombre del señor Scrud.

El artesano levantó la cabeza intempestivamente. Miró a Rownie. La cabeza de caballo mecánica también miró a Rownie. Entonces, ambos dejaron de mirarlo y volvieron la vista a otra parte y el señor Scrud comenzó a farfullar. Ya no gritaba. Eso quería decir que estaba escuchando.

—Graba le pagó de más, señor Scrud. La última vez que le arregló las piernas, ella le pagó de más.

—¡Tontadas de duendes! —exclamó Scrud. Metió un largo alfiler en la oreja del caballo y lo giró. Éste cerró un ojo.

—Es verdad, señor Scrud —dijo Rownie. Desde donde estaba podía ver tres botellas de aceite para engranajes, sobre la repisa detrás de la mesa de trabajo. Eso era lo que Graba quería. Rownie sabía que cada botella costaba dos monedas de cobre. "Dos monedas de cobre la entrada", decía el letrero.

"Función de duendes: dos monedas de cobre por persona. A lo mejor usan máscaras. A lo mejor hacen malabares con fuego. A lo mejor tienen dientes de metal", pensó.

Rownie tenía mucho miedo de lo que estaba a punto de hacer. De nuevo, aspiró profundamente.

—Le pagó de más, señor Scrud. Y necesita que le devuelva dos monedas de cobre.

Cuando Scrud lo miró furiosamente, Rownie le sostuvo la mirada. No se iba a dar la vuelta y salir corriendo. Le mostraría a Scrud que no correría ni escaparía. Se quedaría allí, de pie.

Scrud se volvió, tomó un frasco de aceite y lo puso sobre la mesa, al alcance de Rownie.

—No —dijo Rownie—, esta vez necesita las dos monedas de cobre.

El artesano murmuró algo para sí. Tomó el frasco de aceite, se metió la mano en el bolsillo de la camisa, sacó una moneda y la puso sobre la mesa. Luego buscó un poco más, sacó otra y la puso sobre la anterior.

Rownie las tomó.

—Gracias, señor Scrud —dijo.

Salió del taller sin correr. Salió del callejón sin correr. Detrás de él, el callejón se llenó de ruidos metálicos y gritos. El ruido acerado sonaba como las metálicas piernas de pollo de Graba, como si Graba estuviera tras él. Entonces Rownie echó a correr.

Corrió hasta la plaza del mercado, pasó fuentes y monumentos conocidos. Tropezó una vez, alcanzó a enderezarse y se detuvo a tomar aire a la sombra de la estatua del alcalde. La estatua vestía un traje con una cadena de reloj en el chaleco y tenía las manos extendidas de una forma que bien podía ser de bienvenida o de sorpresa. El metal era viejo y estaba manchado de verde, todo menos la cabeza. Cada vez que la ciudad tenía un nuevo alcalde, la estatua cambiaba de cabeza. Graba había soltado indirectas de que estaría sumamente feliz si alguien se robara la cabeza de la estatua y se la llevara, pero nadie había tenido el valor suficiente para hacerlo.

Alguien le gritó a alguien, sin hacer caso de Rownie. De todas formas, las tripas le brincaron. Se guardó las dos monedas en el único bolsillo del abrigo y después caminó y recordó cómo respirar mientras caminaba. Quería echarse a correr, pero algún miembro de la guardia podría pensar que Rownie iba corriendo por malas razones y trataría de atraparlo.

La mayor parte de los niños que vivían con Graba detestaban el Lado Norte y usualmente se perdían en él. Las calles ahí seguían patrones distintos. Iban en líneas muy derechas que se encontraban en ángulos rectos. Pero Rownie conocía algunos puntos de referencia y podía moverse en el Lado Norte con relativa facilidad.

Pasó junto al Relicario y la estación de trenes del Lado Norte. Un guardia vigilaba la ornamentada reja de acero. El guardia traía puesto un uniforme reluciente y ostentoso. Tenía una lanza adornada con borlas y la mirada puesta sobre el otro lado de la calle.

Rownie caminó lentamente a su lado. Se preguntó por qué el hombre estaba ahí, vigilando una puerta oxidada. Sólo estaba él y si cualquier cosa se arrastraba fuera de la estación para derribar la puerta, un guardia no podría hacer nada. La estación de trenes del Lado Sur no tenía ningún guardia apostado en la entrada. No hacía falta. Si algo horrendo emergía de las profundidades, tendría que vérselas con Graba. A lo mejor. Si es que a ella le daba la gana.

Rownie pasó la estación y llegó a la plaza, un espacio amplio adoquinado con una fuente en el medio y puestos de mercancías alrededor. Ya era media tarde y algunos puestos estaban cerrando. Un granjero con el pelo atado en una docena de trenzas largas zafó el poste de su puesto y la lona del techo se infló y descendió al suelo convertida en un charco de tela.

Rownie olfateó la comida, todo tipo de comidas. Los olores se mezclaron y se le echaron encima y sintió que no podía pensar muy bien. Se colocó junto al puesto de una repostera y sonrió. Era su mejor sonrisa.

La repostera le acercó un pan.

—De ayer. De todas formas dentro de un rato se va a poner malo y nadie está comprando —dijo.

—Buena suerte mañana —dijo o trató de decir Rownie, porque tenía la boca llena de pan seco. Ella le dio otro pan por haberle deseado suerte y lo despidió. Entonces tiró de una cadena que estaba detrás. El puesto se desarmó, plegándose en el muro de la plaza.

Los engranajes del puesto rechinaron como la pierna de Graba. Rownie se encogió con temor al oír el sonido.

Se evadió entre postes y vagones, alejándose del bullicio en dirección a la fuente en el centro de la plaza. Un oso de piedra, un león de piedra y una nagá de piedra rugían chorros de agua en la fuente resquebrajada. Con la mano ahuecada bebió toda el agua que pudo. Remojó su otro pan para suavizarlo, pero el agua lo dejó pastoso.

Un pichón aleteó en el borde de la fuente y miró a Rownie de reojo. Los pichones sólo pueden mirar de reojo. Rownie no le hizo caso, sabía que quería un poco de pan. No pensó que fuera uno de los pájaros de Graba. No lo pensó.

Alguien lo cogió del brazo.

—Dame el pan, Rownie raquítico. Tengo hambre —dijo Vass. Traía un costal de grano colgado de un hombro.

—Suéltame —contestó Rownie. Pero ella no lo soltó. Rownie le dio el pan y Vass puso el costal en el suelo para poder comerlo, pero ni así le soltó el brazo.

—Ayúdame a llevar el alimento para pollos a la casa —le ordenó—. Las larvas trajeron los huevos, pero no me ayudaron a cargar el grano. Pesa.

Vass llamaba a los niños de la casa de Graba, aquellos sin nombre, los que se ponían nombre ellos mismos, "larvas". Lo decía en una cantaleta: "las larvas de Graba, las larvas de Graba, las larvas de Graba".

—No puedo. Debo hacer un mandado para Graba.

—¿Qué mandado?

—Dar un recado.

—¿Cuál es el recado?

—No te lo puedo decir.

—Creo que eres un mentiroso. Creo que no hay ningún recado, así que más te vale que me ayudes con la comida de los pollos —se metió el resto del pan en la boca y balanceó el costal hacia Rownie.

Él atrapó un extremo, para impedir que lo golpeara. Vass lo empujó y comenzaron a caminar hacia el sur. Caminaron con mucha lentitud alejándose de la feria y de los duendes.

Vass era dos veces más alta que él. Podía correr más rápido. Podía atraparlo si trataba de escapar.

Llegaron a la parte sur de la plaza. El guardia ya se había ido y abandonado la puerta de la estación. Había cumplido sus deberes del día de mercado.

Rownie saltó a un lado, arrastrando a Vass con él, y soltó el costal para salir disparado en dirección opuesta, hacia la puerta de acero. Se empujó contra las rejas y se escurrió entre los barrotes, tambaleándose al otro lado. Sintió cómo la mano de Vass le pescaba el faldón del abrigo. Se movió hacia atrás.

—¡Estúpido alfeñique! —gritó Vass.

—¡Que tengo un recado de Graba! —Rownie estaba furioso con ella porque no lo dejaba ir a dar el recado, aunque no había ningún recado que dar.

—Estúpido —dijo ella—, más que estúpido. Los excavadores te van a atrapar. ¿No los oyes? ¿No los oyes detrás de ti?

Rownie dio un paso atrás alejándose. No volvió la vista.

—Está todo inundado —dijo—. Todo el mundo lo sabe. Cavaron un túnel hacia el río y se inundó.

Todos lo sabían. El alcalde quería construir las vías de un tren entre el Lado Norte y el Lado Sur. Y seguía intentándolo, pero el túnel seguía inundándose.

El alcalde también quería derribar los destartalados edificios del Lado Sur y reemplazarlos con caminos que fueran en línea recta. Eso es lo que Graba siempre decía.

—La gente todavía los oye cavar y cavar —dijo Vass—. Así que ahí siguen, en el túnel de las vías.

Dejó que Rownie pensara un poco en eso. Rownie pensó. Imaginó a los excavadores con la piel gris de tanto remojarse en el agua del río. Pensó en que ellos ya sólo recordaban cómo excavar, cómo demoler cosas y romperlas, y avanzar con palas y picos. Los excavadores eran gente descorazonada, sin voluntad propia y sólo hacían lo que se les ordenaba. Rownie se preguntó si alguno se había ido para abajo, desorientado por la inundación, y si algún día iba a asomar por el otro lado del mundo. Y pensó en los túneles que tenía detrás, embrujados por la excavación.

—Yo te protegeré —dijo Vass dulcemente, bueno, tan dulcemente como podía decir cualquier cosa—. Sal y ayúdame con el costal.

Rownie dio otro paso atrás.

—No —contestó.

Ahora *él* embrujaba los túneles. Ahora él era algo a lo que había que temer. Vass escupió y su saliva manchó el suelo. Y sonrió. Su sonrisa la hizo parecer una Graba en miniatura.

—¿Dónde está el aceite para mis engranajes, raquítico? —preguntó.

El corazón de Rownie galopó como si se quisiera escapar corriendo sin él.

—¿Qué aceite?

Vass ya no estaba en la casa cuando Graba le hizo el encargo. Vass no podía saber sobre eso.

—¡Para! —gritó Vass, y por alguna razón Rownie se dio cuenta de que no le gritaba a él. Vass tenía los ojos cerrados y todos los músculos de la cara apretados—. ¡Déjame! ¡No soy una larva! ¡Ya no! ¡Ya no!

Vass se alejó tambaleándose fuera de su vista, llevándose el costal con ella.

Rownie se quedó quieto. No entendía lo que acababa de pasar. Con mucho cuidado, puso lo que había visto en una repisa en un rincón de su mente, junto con el montón de otras cosas que no entendía. Trató de escuchar ruidos de palas y picos y pasos vacilantes.

Había un silencio frío y pesado en la estación, y eso que estaba tan sólo a unos pasos del cálido bullicio del mercado donde quizá Vass estuviera escondida, esperándolo.

Estuvo ahí tanto como pudo y luego se quedó un poco más. No miró atrás. No escuchó las palas o las pisadas o cualquier otra señal de que los excavadores estuvieran cerca. Finalmente, se atrevió a dar tres pasos y salió por entre los barrotes de la reja.

Vass se había ido y la mayor parte de los vendedores del mercado también. Algunas carretas se alejaban de la plaza. El cielo estaba teñido de un azul más oscuro que antes; era casi el crepúsculo. Corrió.

# Acto primero,
## escena cuarta

Una carreta cerrada ocupaba el centro de la explanada. Tenía paredes y un techo, como una casita sobre ruedas. Una multitud se había reunido a su lado. El cielo era todavía azul, pero el sol ya se había puesto.

Rownie bajó por el terraplén desde el camino a la explanada. Le dolían los pies. Escuchó tambores y una flauta, aunque no veía a los músicos. Se acercó hasta quedar detrás de la muchedumbre. Se tenía que mover hacia un lado para poder ver la carreta, pues había mucha gente. Encontró un lugarcito con vista y se quedó ahí, esperando que algo pasara. Trató de quedarse quieto, pero se apoyaba en un pie y luego en el otro.

Una de las paredes del vagón se abatió. Se detuvo sobre el suelo y se convirtió en la plataforma de un escenario. Allí donde había estado la pared, ahora había cortinas que escondían lo que había detrás. Más cortinas bajaron alrededor de la plataforma, ocultando todo el espacio. Aparecieron trompetas del techo de la carreta y tocaron una fanfarria por sí solas.

Un duende salió a escena.

Rownie lo miró. Nunca antes había puesto los ojos sobre uno de los Cambiados. Éste era totalmente calvo y mucho más alto de lo que Rownie pensaba que serían los duendes. Las agudas puntas de sus orejas sobresalían a ambos lados de su cabeza y sus ojos eran enormes y jaspeados con chispas plateadas y marrones. Su piel era verde; el verde oscuro del musgo o de las algas de río. Sus ropas estaban cosidas con parches de todos los colores.

El duende hizo una reverencia. Colocó dos faroles en dos esquinas de la tarima y se situó en el centro. Tenía unas cuantas varitas en la mano. Miró al público de una manera cruel y curiosa, de la misma manera en que los monos miran a los escarabajos antes de arrancarles las alas y las patas.

Rownie sintió que el duende debía esconder algo. Cuando finalmente se movió y arrojó las varas al aire con un restallar de las mangas, Rownie se encogió con temor.

El duende comenzó a hacer malabares. Después golpeó con el pie tres veces en la plataforma. Un títere en forma de dragón asomó la cabeza entre los pliegues de la cortina que tenía detrás. Estaba hecho de yeso y papel y fosforescía con una luz dorada. El títere exhaló fuego sobre el escenario. El duende arrojó las varas hacia el aliento del dragón y a cada una se le encendió una llama en la punta. Entonces el títere rugió y desapareció entre las cortinas. El duende hacía malabares con fuego.

Rownie comenzó a saltar para ver mejor. Quería estar en la primera fila, frente al borde de la tarima. Trató de avanzar entre rodillas y hombros. No podía. Apretó los puños y empujó con ganas, pero no pudo moverse.

—Si quieres acercarte más, te costará dos monedas de cobre —dijo una voz.

Rownie se volvió y junto a él descubrió a una pequeña duende, redonda y arrugada. Tenía el cabello blanco, recogido en la nuca, y un par de gruesos anteojos en una delicada cadena de cobre. Sus ojos con destellos dorados y verde brillante se veían agrandados por las gafas. Le extendió la mano educadamente, no demasiado. La piel de la mano era de un verde marrón intenso y los dedos eran más largos de lo que Rownie consideraba un largo normal.

Rownie se sacó las monedas de Graba del bolsillo del abrigo y las dejó caer sobre la mano abierta de la duende.

—Gracias —dijo y asintió—. Has pagado la tarifa para atravesar la pared de público, que es la quinta pared, así que eres libre de cruzarla y creer que no está ahí, y que sólo está hecha de una canción y un círculo en la hierba.

La anciana duende se alejó. Rownie podía oír su voz en la parte más alejada de la multitud:

—Dos monedas de cobre, ¿sí? Por favor.

Se movió hacia el frente, esquivando las rodillas de muchas personas altas y esforzándose por ir hasta el frente. No fue difícil.

Los malabares con fuego terminaron. El duende alto apagó las varas ardientes, hizo una reverencia y salió del proscenio. Un duende más pequeño, con una barba gris recortada y un enorme sombrero negro, subió al escenario. Su cara era ancha y redonda y al caminar su barbilla avanzaba primero frente a él. Se apoyaba en un bastón pulido que repiqueteaba sobre la duela. Era pequeño, más pequeño que Rownie, pero se desenvolvía como si supiera que él era superior a todos los asistentes reunidos allí.

—¡Señoras y señores! No me cabe duda de que ustedes ya están enterados de que nuestra profesión ha sido prohibida por su señoría, el alcalde —dijo.

Algunos silbaron y otros lanzaron gritos de aprobación.

—¡Sólo venimos a ver cómo los arrestan! —gritó alguien desde atrás.

El viejo duende sonrió cortésmente.

—Me apena horriblemente desilusionar a mi público, señor, pero mucho me temo que tanto yo como mis colegas aquí conmigo, no seremos afectados por esta disposición legal. Los ciudadanos de esta bella ciudad tienen prohibido fingir que son lo que no son. Pero nosotros, señores, no somos ciudadanos. Legalmente no somos, siquiera, personas. Esto me entristece, porque he vivido en esta ciudad mucho antes de que cualquiera de ustedes naciera. Alguna vez tendré que habérmelas con esta tremenda injusticia, pero será otro día. Ustedes han venido a ver una función. Les haremos teatro. Nosotros ya estamos Cambiados.[3] El cambio de máscaras y disfraces no los afectará ni quebrantará ley alguna.

Todo el mundo lo celebró esta vez. Aquellos que querían ver la función y los que querían ver cómo la guardia arrestaba a los duendes; los que pensaban que no había truco legal o floritura verbal que pudiera librarlos de esa suerte.

—Primero, les ofreceremos un breve cuento para deleitar a los niños que estén entre ustedes —dijo el duende.

Se quitó el sombrero y sacó la máscara de un gigante. La máscara tenía una frente saliente y arrugada, y filas de dientes grandes y cuadrados. Rownie no podía creer que la máscara cupiera dentro del sombrero del duende, y eso que era un sombrero enorme.

El viejo duende cerró los ojos. Todo el mundo guardó silencio entonces, un silencio lleno de respeto —lo quisieran o no—.

El duende se puso la máscara y cambió su postura, de forma que pareció que se elevaba sobre todos ellos, aunque no era muy alto.

—Soy un gigante —dijo con voz de gigante, y fue cierto porque él dijo que era verdad.

Rownie quiso ver qué se sentía. Quiso manifestar que él era un gigante. Trató de concentrarse en quedarse quieto y en dejar de ponerse de puntillas una y otra vez.

Un flaco y pequeño duende entró en escena con un látigo, una espada de madera y ojos enormes detrás de una máscara de héroe valiente. El héroe trató de engañar al Gigante.

—He escuchado que puedes convertirte en león —dijo el héroe-duende con una voz aguda y quebradiza—, pero no creo que sea cierto.

—Tonto —respondió el duende-gigante con una voz grave y profunda—, ¡yo me puedo convertir en lo que quiera!

Con un movimiento fluido y veloz, se quitó la máscara de gigante y se puso la de león. Gruñó y se agazapó.

El público vitoreó al duende, pero fueron vítores nerviosos.

—Esto no es seguro —dijo un viejo junto a Rownie. Su espalda estaba tan torcida y nudosa que tenía que mirar de lado para ver el escenario—. No creas que es seguro sólo porque son duendes. Sin máscaras y sin cambios, no es seguro.

—¡Eso ha sido maravilloso! —festejó el héroe-duende—. Pero un portentoso león no es algo tan distinto de un gigante. ¿Puedes convertirte en una pitón?

El león se metió la pata en el hocico y volteó la máscara al revés. Ahora era una serpiente que se balanceó despacio de un lado al otro.

—¡Increíble! —alabó el héroe-duende—, pero una pitón sigue siendo una criatura enorme. Apuesto a que no posees la magia suficiente para convertirte en una diminuta y humilde mosca casera.

Las pantallas de metal se cerraron sobre los faroles del escenario. En la repentina oscuridad, Rownie alcanzó a distinguir cómo el duende se quitaba la máscara de serpiente y lanzaba algo al aire.

Los faroles se abrieron con un chirrido. Un títere mosca, hecho con papel y engranajes, comenzó a zumbar en círculos sobre el teatro. El héroe-duende chasqueó su látigo y la mosca explotó en una lluvia de chispas.

—¡Un gigante menos! —gritó el héroe. La gente aplaudió. Rownie vitoreó—. Me pregunto: ¿habrá más gigantes? —miró entre la gente y luego saltó a un lado del proscenio—. ¿Hay gigantes por aquí? —gritó desde algún lugar en la oscuridad.

Mientras, el viejo duende se había retirado. Una truculenta cabeza se asomó entre las cortinas, exactamente en el lugar de donde había salido el títere dragón. Un títere enorme guiñó a la gente, un párpado de papel se cerró sobre un ojo de madera.

El títere habló:

—¡Requerimos un voluntario para que actúe como el siguiente gigante! La máscara le queda mejor a un niño.

El público respondió con un sorprendido silencio. Nadie sabía si era una broma. Nadie sabía si era gracioso. Todos sabían que ni los trucos legaloides más retorcidos de los duendes podían permitir que un niño noCambiado usara máscara.

Rownie esperaba oír a alguien con algún cargo que hiciera una denegación oficial. Esperaba que aparecieran miembros de la guardia y prohibieran semejante cosa. Pero no había miembros de la guardia cerca. Y nadie dijo nada de nada.

—¡El niño estará perfectamente a salvo! —dijo el títere gigante—. ¡Tú! ¡El que se ve sabroso y lleva sombrero! ¿Te gustaría actuar?

Se lamió los labios con una larga lengua de títere y la gente se rio, por fin, aunque nerviosamente. Alguien, un padre, un tío o un hermano mayor, se llevó al niño del sombrero lejos del escenario.

El títere gigante examinó al público con sus ojos de madera.

—¡Tú! —gritó—. ¡La que trae un collar de flores! Actúa de gigante en nuestra obra y te prometo que no pasarás los próximos mil años esclavizada en cavernas subterráneas. ¡No te haríamos nada por el estilo!

—¡No! —respondió la niña con un grito.

—Muy bien, niña apetecible —los ojos del títere se movieron—. ¿Habrá entre ustedes alguien tan valiente y tonto como para subir a la tarima y fingir que es una persona de mi altura?

Rownie movió una mano en el aire:

—¡Yo lo haré!

No tenía miedo. Sentía que tendría aún menos miedo si pudiera estar por encima de todos los demás. Quería llamar la atención, como el viejo duende lo acababa de hacer.

La multitud lo alentó con gritos, pero con crueldad, convencidos de que algo horrible le iba a suceder sobre el escenario y que ellos podrían verlo todo. Los duendes se lo llevarían y entonces la guardia llegaría y arrestaría a los duendes. Iba a ser un espectáculo excelente.

El anciano con la espalda retorcida trató de detener a Rownie con una mano nudosa y huesuda:

—Niño estúpido, estúpido niño.

Se oyeron gritos de personas que se oponían a permitir que un niño corriera semejante riesgo.

Rownie se soltó y trató de subir al escenario, pero no pudo. El escenario se resistía.

—¡Ofrezco una negociación! —dijo el títere gigante—. Que sostenga el extremo de una cadena de acero. Las personas de la primera fila sostendrán el otro extremo. Lo pueden jalar y poner a salvo si creen que alguno de los actores lo va a morder, o maldecir o llevárselo. ¿Les parece bien? ¿Creen que es protección suficiente?

Alguien gritó que no, pero el resto lo hacía más fuerte.

—¡Dejen que lo intente!

—Estará a salvo si sostiene el acero.

—¡Será un raquítico estúpido si no!

Rownie los ignoró a todos. Se concentró en el títere gigante. Podía ver que sus ojos eran solamente madera, tallada y pintada, pero aun así mantuvo contacto visual con él.

—Trato hecho —dijo el gigante y se metió detrás de la cortina.

El duende con la barba recortada y el sombrero negro regresó al escenario. Se quitó el sombrero y sacó una cadena de acero. La extendió a lo largo de la primera fila del público y asintió en dirección a Rownie.

"Me imagino que sí *pueden* tocar el acero", pensó Rownie. "Blotches es un mentiroso". Aferró uno de los extremos de la cadena. Otras manos tomaron el cabo más lejano. Avanzó, pero aún no podía subir al escenario. No estaba tan en alto, pero el aire no lo dejaba pasar.

El duende viejo se inclinó y le tendió la mano.

—Dame la otra mano —dijo con una versión más pequeña de la voz estruendosa del gigante.

Rownie tomó la mano del duende y trepó a la tarima. Se irguió, soltó los dedos largos y verdes y aferró la cadena. Estaba de cara a la cortina, de espalda al público. De pronto, no quería dar la vuelta y ver todas las miradas puestas sobre él. No sentía que estaba sobre todos, como lo había deseado. Se sentía a merced de ellos. Intentó tragar saliva, pero tenía la garganta seca.

El viejo duende lo miraba, con los ojos dorados entrecerrados, examinándolo.

—Dime tu nombre, niño valiente y tonto.

—Rownie —contestó.

Los enormes ojos del duende se abrieron aún más.

—¿Rownie? Un diminutivo de Rowan, ¿no es así? Que extraordinariamente interesante es esto —se tocó el sombrero—. Es un placer conocerte. Mi nombre es Tomás y he sido el primer actor de esta compañía y de esta ciudad desde mucho antes de que la muralla y las torres fueran derribadas.

Recogió la máscara de gigante, momentáneamente olvidada, y se la puso a Rownie, apoyándola sobre los hombros del niño. Era pesada. La pintura olía chistoso.

—Ponte allí —susurró el duende, señalando con el dedo— y desde atrás te diré tus parlamentos.

Se metió entre las cortinas. Rownie se quedó solo, en medio de la plataforma. Se puso donde se suponía que debía estar y se dio la vuelta.

Desde la oscuridad los rostros lo miraban. Rownie los podía escuchar murmurando y cuchicheando. Por el sonido pudo darse cuenta de que algunos estaban preocupados, otros encantados de la vida y que todos estaban seguros de que algo terrible iba a pasar.

Rownie echó los hombros atrás, sacó el pecho e intentó ser muy alto. Era un gigante. Era algo temible. *Él* era quien atemorizaba ahora.

De la cortina salió un murmullo: "¿Qué es ese ruido que sale de la casa de mi padre?".

Rownie rugió:

—¿Qué es ese ruido que sale de la casa de mi padre?

El murmullo continuó: "Puedo oler a sangre invasora. Ahora, ¡muéstrate!".

—Puedo oler a sangre invasora. Ahora, ¡muéstrate!

El héroe-duende saltó al escenario.

—¡Hola! —exclamó—. He escuchado la fanfarronada de que los gigantes se pueden transformar en lo que quieran. He venido a ver si es verdad.

—Esta verdad será lo último de lo que te enterarás —dijo Rownie, repitiendo las palabras que salían de la cortina.

El héroe-duende se rio, aunque fue una risa un poco nerviosa, y dijo:

—Puede valer la pena. ¿Tú crees que alguien tan alto se puede transformar en un niño pequeño y no-Cambiado?

Ni instrucciones ni parlamento salieron de detrás de la cortina.

Rownie se quitó la máscara con una mano. La puso en el suelo, a su lado, y extendió los brazos como diciendo "¡véanme!". La cadena tintineó en su otra mano.

—¡Bien hecho! —dijo el héroe-duende—. Eres pequeño, pero aún tienes una apariencia muy fiera…

Rownie sonrió. Todavía se sentía fiero.

—… y apuesto a que no puedes convertirte en un pájaro.

Las pantallas de metal de los faroles se cerraron de golpe. El duende lanzó un pájaro de papel al aire. En ese mismo momento, las personas de la primera fila, atemorizadas por la repentina oscuridad, tiraron de la cadena y jalaron a Rownie hacia adelante. Éste tropezó en el borde del escenario.

Sintió manos que trataban de atraparlo, pero cayó entre ellas, dio contra el suelo y rodó sobre su espalda. Podía ver al brillante pájaro de papel volando sobre las oscuras siluetas de la gente que lo rodeaba. El pájaro estalló en una lluvia de chispas y una nube de plumas de papel descendió.

—¡Un gigante menos! —exclamó el héroe-duende desde el escenario.

Rownie se puso de pie. Las personas que tenía cerca lo tocaron y lo pellizcaron para ver si realmente seguía allí, si era de verdad. Entonces el títere gigante regresó y rugió. Captó la atención de todos. Casi captó la de Rownie, pero éste miró a otro lado. No quería que le recordaran que ahora estaba fuera de la historia. Quería saborear lo que había sentido al actuar en ella.

Una mano surgió debajo de la tela roja que cubría la base de la plataforma. Le indicó que se acercara.

Rownie miró a todas partes. Nadie más se había dado cuenta, ni siquiera el anciano con la cabeza ladeada.

La mano volvió a llamarlo. Rownie sintió como si fuera a saltar desde el camino del Violín.

Y desapareció bajo el escenario.

# Acto primero, escena quinta

Debajo del escenario reinaba la oscuridad. Rownie se tenía que inclinar hacia delante como el viejo con la espalda retorcida. Movió la cabeza para ver mejor. No funcionó.

La pantalla de un farol se abrió un poco. Rownie distinguió un par de ojos con chispas doradas mirándolo tras unas gafas.

—Bien hecho —susurró la duende anciana a quien había dado las monedas de cobre—, sí que lo has hecho bien. ¿Deseas beber algo? Yo pienso que el té con limón sienta muy bien después de hablar ante el público.

—Bueno —contestó Rownie. El cuello le empezó a doler. Se sentó en el suelo, para no tener que poner la cabeza en ángulos raros. La anciana le dio un tazón de madera laqueada y lleno de té caliente. Lo olió y dio un trago. Sabía a limón y a miel.

—¿Cómo te llamas? —preguntó la duende.

Rownie la miró desde el borde del tazón humeante. Ella sonreía, pero Rownie no podía interpretar esa clase de sonrisa. Esto le resultó un poco raro. Él siempre sabía qué sentían los chicos de Graba, ya que nadie sabía cómo esconderlo. La misma Graba no se preocupaba por ocultar sus humores y deseos: su expresión era tan fácil de leer como palabras escritas con aceite hirviendo en medio de la calle. Rownie estaba acostumbrado a todo eso. Pero la duende escribía su sonrisa en un lenguaje que él desconocía y no podía leer.

—Rownie —contestó.

—Hola, Rownie —dijo ella—, me imaginé que así te llamabas. Yo me llamo Semele. Sí, así es. Y me pregunto si has sabido algo de tu hermano.

Rownie la miró. Entendió la pregunta, pero no por qué le preguntaba eso.

—¿Mi hermano Rowan?

—Sí, Rowan —dijo Semele—. Un actor joven respetable, sí, y lleva perdido algún tiempo. ¿Sabes algo de él?

—No —dijo Rownie, lleno de suspicacia.

Si supiera algo de su hermano, no se lo diría a *nadie* —ni a Graba ni tampoco a los duendes—.

—Bueno —dijo ella—, si lo ves, por favor dale mis saludos. Por lo pronto, me pregunto si te gustaría quedarte con nosotros. Tenemos muchas funciones por delante. Mañana actuamos en Muralla Rota y pasado mañana en los muelles. Definitivamente nos vendrían bien una voz nueva y un par de manos extra. ¿Te interesaría?

Rownie pestañeó. Sí, le gustaría estar en un escenario otra vez. Sí, de verdad.

—Tal vez sí —dijo en voz alta, todavía con suspicacia. Vivir en casa de Graba lo había acostumbrado a sospechar lo peor cuando alguien le ofrecía exactamente lo que deseaba—. Antes, ¿puedo terminar de ver la función?

—Claro que sí —contestó Semele.

Rownie terminó su té y dejó el tazón en el suelo. Semele apuntó hacia la parte de atrás de la carreta. Rownie medio caminó y medio gateó debajo del escenario. Emergió entre el borde de la tela y una de las ruedas de la carreta.

Alcanzaba a escuchar un violín y una flauta desde el techo de la carreta, y después a alguien cantando. Un canto hermoso. Se detuvo a escuchar y se preguntó qué hacer.

De hecho, no llegó a decidirlo. Se oyó un chirrido de metal contra metal y garras de madera y cobre se cerraron a su alrededor.

—¿Dónde está mi aceite para engranajes, raquítico? —siseó Graba en el oído de Rownie.

Lo levantó con la pierna de ave como si pesara menos que el polvo o un nombre o un pedazo de papel arrugado. Luego le pasó el brazo alrededor de la cintura y se alejó a zancadas. Rownie se retorció. Graba lo apretó y lo olfateó.

—Hueles mal. Hueles a raterías y a hojalata. Hueles agitado. ¿Semele te preparó pociones de Cambio?

—No, Graba —trató de contestar, pero no pudo. Ella lo apretaba tan fuerte que el aliento le salía en jadeos cortos.

Graba cruzó el campo hacia el camino, moviéndose a gran velocidad. Rownie pensó intensamente en diferentes maneras para poder escapar o explicarse. Pensó y pensó pero no se le ocurrió nada.

Pasaron debajo de la estatua del señor alcalde y Graba le escupió a los pies. Cruzaron el camino del Violín y pasaron junto a la torre del reloj. Graba escupió a la base.

Entraron en el Lado Sur. Atravesaron un baldío con restos de paredes rotas y tierra y yeso. En ese lugar los antiguos edificios se habían derrumbado y todavía no construían otros nuevos y tal vez jamás lo harían. Pájaros nocturnos picoteaban la tierra. Dos pavos reales dormían en lo alto de una chimenea de ladrillo que se alzaba solitaria, sin paredes.

—Éste era mi hogar, hace mucho tiempo —dijo Graba al pasar—. Esto era mío. Cada lugar donde pongo mi choza es mío y ninguno puede afirmar que yo soy de allí.

Rownie no contestó. Apenas podía respirar. Por fin Graba se detuvo, afuera de su choza. Vass y Stubble se asomaron por la ventana que hacía de puerta. Rownie esperaba que sus hermanos mayores se mostraran engreídos. Esperaba que se burlaran. Alguien estaba metido en problemas y no era ninguno de ellos. Pero no se veían satisfechos. Ni se burlaban. Estaban temerosos.

Hasta ese momento Rownie había estado asustado, sorprendido y atemorizado acerca de lo que le podía pasar. Ahora sintió miedo, un miedo profundo en su interior. Ahora entendía que Graba estaba enfadada por algo más que la pérdida de dos monedas de cobre.

Era imposible que Graba cupiera por la pequeña ventana-puerta. En lugar de eso, trepó por las paredes del callejón, con una pata en cada muro. Subió al techo y levantó la mitad de las tejas, como si fuera la tapa de una caja. Se metió y arrojó a Rownie a un rincón de su buhardilla. El techo se cerró sobre ellos. Los pájaros graznaron y agitaron las alas. Graba se acomodó en su banco. Miró a Rownie con sus pálidas pupilas.

—¿Comiste de lo que te ofreció? ¿Bebiste de lo que te dio? —susurró.

Rownie se le quedó mirando sin contestar. Necesitaba saber en qué tipo de problema estaba metido.

—Te puedo quemar —dijo Graba casi con ternura—. Puedo quemar los regalos de los duendes para que salgan fuera de ti. Debería hacerlo, antes de que comiences a Cambiar y te conviertas en uno de ellos, como ella. Debería de quemar lo que te dio.

Encendió el horno de hierro, bajó un mortero y una piedra del estante y machacó unas hojas secas hasta convertirlas en polvillo.[4] Mientras, cantaba suavemente, como para sí. En ningún momento le quitó los ojos de encima a Rownie, ni él apartó la mirada. La única luz en la habitación salía de la puerta del horno.

Graba terminó de machacar. Tomó un puñado de polvo en una mano y un pichón que pescó de las vigas en la otra. El pichón se aferraba a los dedos de Graba con sus delicadas patas de ave. Ella le cantó. Le cantó suavemente y después le espolvoreó las hojas machacadas encima. El pichón se incendió en su mano y graznó. Sus plumas apestaban, picantes y amargas mientras se quemaban.

Graba sostuvo ese fuego entre Rownie y ella. Lo observó a través de las llamas. Salmodió un conjuro y la cantinela hizo que las palabras se volvieran cada vez más poderosas, pegajosas y parte de las cosas sólidas de este mundo.

—Por la voz y por el fuego. Por la sangre y por el fuego. Mi casa no te reconocerá. Mi casa no reconoce a los Cambiados. El fuego te enviará y Rowan te sustituirá. Muy mayor para el Cambio era el enmascarado Rowan —se acercó más—. Si viniste del hogar de la sepultura, regresa al hogar de la sepultura. Si viniste desde el río, que la corriente te lleve. Si viniste de la colina de los demonios, eres de los demonios de la colina, regresa a las puertas que han puesto en sus colinas. ¡Te destierro en todas direcciones!

—¿Graba? —dijo Rownie, tratando de pensar en algo qué decir. Algo que la hiciera estar simplemente enfadada con él, pero nada más.

Con su pata de garra Graba lo aferró por el cuello de su abrigo y lo alzó; él se retorcía. Lo acercó a las llamas que ardían en la palma de su mano, sin apartar la vista de la cara de Rownie mientras canturreaba. Su voz se volvió un gruñido.

—Semele no te Cambiará. Sus conjuros se irán aullando, sus palabras perderán su factura, sus canciones lo que las une. Lo que ella oculta saldrá a la luz, lo que muestra será ocultado. Ella no tomará nada mío. Sus obras arderán.

El fuego en su palma se avivó. Rownie sintió que le chamuscaba los vellos de la cara. Dejó de luchar, cerró los ojos y alcanzó la manivela en la espinilla de Graba. La sacó de su lugar y comenzó a girar hacia el lado contrario. Los resortes perdieron la tensión en el interior de la pierna y Graba soltó a Rownie en el alféizar de la ventana.

La ventana estaba abierta. Rownie saltó. No tuvo tiempo de mirar primero. Su pie se atascó en el alféizar y le hizo girar. Se fue de espaldas y cayó hacia afuera. Graba le arrojó el pichón que ardía. La grasosa bola de fuego resplandeció en el cielo. Rownie la miró mientras caía.

# Acto primero, escena sexta

Rownie aterrizó en un cerro de polvo y se deslizó hacia abajo. Un pez de polvo saltó en su pelo y volvió a saltar fuera de su pelo para regresar a sus polvorientos asuntos. Una flama, apestosa y con forma de ave, se estrelló en el montículo, a su lado. Allí se quedó, chispeando y apagándose.

Rownie se quedó quieto recuperando el aliento. Pensó con muchas ganas que debía levantarse y ponerse a salvo, lejos del pájaro quemado y de la furia de Graba. Lo pensó, sí que lo pensó, pero no se movió. El aterrizaje le había sacado el aire y no sabía muy bien cómo recuperarlo.

Miró hacia arriba, esperando ver otra ave en llamas, o un pájaro más grande y vivo dispuesto a sacarle los ojos, o la otra garra de Graba, todavía con cuerda, en condiciones de salir por la ventana para atraparlo. No vio ninguna de estas cosas así que se quedó quieto tratando de averiguar si se había roto algo. Sus piernas, brazos y cabeza estaban adoloridos por la caída, pero nada sangraba y ninguno de los huesos se le había quebrado. Rownie movió las piernas y se percató de que todavía podía hacerlo. Se puso en pie lentamente.

Stubble saltó desde la ventana del primer piso. Miró a Rownie. Traía un palo de escoba roto en la mano. Se veía impresionado y todavía temeroso, pero sostenía el palo como cuando jugaba a que era el rey de todos los piratas. Blotches y Greasy saltaron por la ventana detrás de él.

Rownie podría ser el más joven y el más pequeño de todos los que vivían en casa de Graba, pero no acababa de unirse a ellos. Recordaba el día en que Greasy estuvo frente a Graba por primera vez en la buhardilla. Ella le marcó la cara con saliva y ceniza. Lo marcó como de su propiedad. Rownie no sabía de dónde venía Greasy. A lo mejor era sólo otro hijo del polvo del Lado Sur, sin otro lugar adónde ir y con cierta afición por el miedo que inspiraba el ser un chico de la casa de Graba, un recadero de ella. O quizá Graba misma lo había fabricado con pájaros. Con pichones, en este caso. Los pichones son grasosos.

El pichón ardiente se había convertido en una mancha oleosa a los pies de Rownie.

Stubble avanzó y levantó su palo de escoba, pero Rownie no iba a dejar que lo golpearan en las corvas, ni en otro lugar, con sus espadas oxidadas. Los papeles se habían cambiado. Stubble era mucho más alto, pero Rownie era un gigante. Se irguió como un gigante. Caminó directamente hacia Stubble y le arrebató el palo de escoba, como lo hubiera hecho un gigante.

—Gracias —le dijo, como si le hubiera ofrecido el palo, en lugar de amenazarlo con él.

Stubble parecía perdido. Como si no supiera en cuál historia había ido a parar. Pero entonces, su expresión cambió. Tomó algo de la de Graba, con un ojo medio cerrado y el otro desorbitado. Se le quedó viendo con la mirada de Graba, con algo de ella en su cabeza, y lo miraba furiosa.

Greasy y Blotches tomaron algo de la expresión de Graba.

Otros más saltaron por la ventana, Lanks y Bilk y Filtch y Jabber y Mot. Todos eran larvas y todos lo miraron con la expresión de Graba y un ojo medio cerrado.

Rownie dejó de ser gigante. Se dio la vuelta y echó a correr tan rápido como pudo obligar a sus piernas a llevarlo.

Escuchó muchas pisadas contra la tierra y las polvorientas calles empedradas. Soltó el palo de escoba. No podría defenderse de toda una turba de larvas con un palo y además no lo dejaba correr bien.

Rownie se metió por callejones estrechos. Doblaba en esquinas inesperadas y calles sinuosas. Seguía la lógica salvaje y retorcida del Lado Sur y se guiaba gracias a la memoria y la luz de la luna. Hubiera sido más fácil ver en los caminos más anchos, con sus extrañas luces de faroles que iluminaban las intersecciones más importantes, pero Rownie tenía más miedo de ser visto que de tropezar con lo que no se veía. Necesitaba desparecer. Se mantuvo en los caminitos oscuros.

Unos buitrejos graznaban desde las pilas de basura en la oscuridad. Los buitrejos eran aves que se alimentaban de basura, con mal carácter, grandes y sin aptitudes para volar, y Rownie trató de alejarse de ellos.

No podía desaparecer. Las larvas estaban demasiado cerca. Corrían en silencio. Rownie no recordaba haberlos visto en silencio nunca, ni siquiera mientras dormían.

Trastabilló en medio de un montón de polvo, tosió cuando el polvo se le metió en la garganta y siguió corriendo. Era como si siempre hubiera estado corriendo. Le dolían las piernas, los pulmones. Ya no se acordaba de qué se sentía estar quieto.

Las pisadas se oían más cerca. No podía dejarlos atrás. Necesitaba esconderse.

Rownie se escabulló a la izquierda, hacia una calle amplia y transitada, y corrió hacia la reja oxidada de la vieja estación de trenes del Lado Sur.

En ese momento les tenía más miedo a las larvas que a los excavadores o a los espectros[5] o a lo que fuera que estuviera esperándolo en la estación —en tanto los excavadores y los espectros no lo miraran con la expresión y toda la furia de Graba—.

Quizá los otros le tuvieran miedo a los espectros. Quizá no lo siguieran dentro.

Llegó a la reja y se metió entre los barrotes. Aferró el faldón de su abrigo con la mano para evitar que se enganchara en los hierros y que alguna larva lo pescara.

Por primera vez desde que había comenzado a correr, Rownie hizo una pausa.

Los otros no eran tan pequeños para pasar entre los barrotes. Alcanzaron la reja y comenzaron a trepar. No se burlaron de él. No lo insultaron. No dijeron una sola palabra.

Rownie corrió para huir de ese silencio. Siguió adelante, hacia la oscuridad de la estación de trenes del Lado Sur.

La estación era un espacio vasto y abierto. Rownie lo advirtió por cómo se desplazaba el sonido. Sus pies chasqueaban contra el pulido piso de piedra. El ruido se alejaba de él, reverberaba y se perdía en algún lugar de ese espacio abierto. Trató de moverse sin hacer ruido, pero sus pies seguían repercutiendo contra el suelo.

Había un poquito de luz. El techo era de cristal y la luz de la luna brillaba tenuemente entre la mugre que lo opacaba. Hacía que el techo fuera visible, allá en las alturas, pero apenas iluminaba lo de abajo. Unas figuras oscuras se inclinaban sobre Rownie y éste trataba de alejarse de ellas.

Se movía tan rápido como podía, con los dos brazos extendidos frente a él. Esperaba encontrar obstáculos con las manos antes que con la cara. Pero lo que descubrió, lo halló con la espinilla. Era algo de metal. El dolor en la pierna le hizo ver destellos de luz. Cerró los ojos. También cerró la boca. No gritó. No gritaría.

Rownie palpó aquello con lo que había tropezado: una banca de hierro forjado, llena de curvas y de estilo elegante, para que la gente importante se sentara a esperar el tren que los llevaría al Lado Norte. Se metió debajo. Era lo suficientemente grande como para ocultarlo y para que no tropezaran con él en la oscuridad.

Esperó. Sólo escuchaba su propio corazón y su respiración, y trató de acallar esas dos cosas. Estaba seguro de que las larvas podrían oír su corazón latiendo por toda la estación.

El suelo estaba frío. Se sentía helado bajo sus palmas. Olía a frío y a polvo.

Rownie trató de no pensar en las cosas que podrían estar allí alrededor, embrujando la estación. Trató de no pensar en los excavadores, especialmente en los excavadores ahogados, arrastrándose desde el túnel inundado. Trató de no pensar en espectros. Trató de no pensar en los fabricantes de objetos mecánicos, en cuando estaban cuerdos y lo que decían era normal y tenía sentido, antes de que el señor alcalde de Zombay los reuniera a todos con el fin de llevar a cabo proyectos grandiosos, gloriosos, como la estación de trenes. Ahora, los fabricantes estaban tan desajustados como el señor Scrud y nada de lo que decían tenía pies ni cabeza. Rownie trató de no pensar en qué los había desajustado y trató de no imaginar que eso seguía allí, en la estación, en alguna parte. Trató de no pensar que lo podría oír respirar. Estaba casi seguro de que podía oír que algo respiraba, algo enorme, algo que se agazapaba en la penumbra.

Escuchó el estrépito de muchos pies contra el suelo. El sonido hizo eco a su alrededor.

—¡Rownie raquítico! —llamó Blotches. Sonaba como la voz de Blotches, pero la forma de hablar era la de Graba.

—Deja de esconderte ahora mismo —dijo Greasy. Habló como Graba.

—Si sales, seré indulgente —llamó Stubble, con la voz subiendo y bajando, como subía y bajaba la voz de Graba—, porque, además, te tengo que preguntar unas cositas.

—¡Que salgas, cosa Cambiada! —gritó Blotches, con la voz oxidada y furiosa.

Rownie permaneció donde estaba, tan quieto y silencioso como podía.

Dejó de preguntarse qué más podría embrujar la estación. Estaba embrujada por las larvas y no se le ocurría que pudiera pasar algo peor. Se concentró en respirar silenciosamente. Se preparó para salir corriendo, en caso de que lo necesitara.

Alguien pasó cerca de la banca, Rownie lo oyó farfullar. A lo mejor era Greasy. Mejor que fuera él. Greasy no era muy rápido. Quien fuera, se alejó.

Rownie escuchó el aleteo de pichones en lo alto. Miró desde debajo de la banca y vio las oscuras figuras emplumadas que pasaban cerca del brillo suave del techo. Daban vueltas. Buscaban.

—Vass, ¿estás aquí? —preguntó Stubble, casi gritando con la voz de Graba—. Hazme luz, ahora.

Rownie escuchó a Vass canturrear en algún lugar de la negrura, y de pronto ya no hubo oscuridad. La luz brotó y lo cegó.

Del techo colgaban relojes enormes sostenidos por cadenas, como relojes de bolsillo gigantes. Cada uno también era una lámpara y todos estaban encendidos. Se mecían suavemente, impulsados por los pichones que se posaban en ellos y luego se echaban a volar. La luz que emitían creaba sombras largas y vacilantes.

Rownie observaba a las larvas desde debajo de la banca. Los observaba buscándolo en las filas de vagones. La pátina pulida de los coches se veía manchada y vieja, a pesar de que jamás habían sido usados.

Esperó hasta que estuvo seguro de que nadie miraba en su dirección y se fue gateando de la banca a la sombra de un pilar de piedra. Se arrastró cautelosamente a lo largo de la sombra hasta meterse en la estación.

Todo el lugar parecía el Lado Norte, con sus superficies pulidas, sus ángulos precisos. Era de lo más raro estar al sur del río pero sentir que uno estaba en el Lado Norte. Rownie trató de que la sensación no le incomodara, pues tenía cosas peores de las que ocuparse, y las particularidades de tal o cual estilo arquitectónico eran lo que menos debía importarle, pero de todas maneras le resultó desconcertante y lo distrajo un poco. El Lado Sur tenía una lógica que determinaba cómo te movías por ahí, y esa lógica estaba ausente en la estación. Rownie tuvo que inventarse una maquinita en la cabeza, una brújula que orientara sus movimientos para comprender lo que lo rodeaba y encontrar un buen escondite. Tuvo que fingir que estaba en el Lado Norte.

Stubble lo llamó y su voz sonó muy cerca. Rownie sintió que su barriga se encogía al escucharlo. No pudo adivinar de dónde venía la voz. Se metió dentro de uno de los vagones para escapar rápidamente de la vista de sus perseguidores.

Filas de sillas llenaban el interior del vagón. Se veían suaves y cómodas. Eran de madera pulida con cojines rojos desteñidos. Entre algunas sillas había mesitas redondas con manchas de pátina verdosa sobre el cobre de las superficies. Algunas lámparas en las paredes se habían encendido por el conjuro de Vass.

Rownie sabía que Vass poseía algo de talento para los conjuros y los hechizos —o por lo menos sabía que ella de eso presumía—, pero jamás la había visto hacer algo tan impresionante. Tampoco había visto a ningún hermano mirarlo con la expresión de Graba o hablar con el tono de Graba, antes de que Vass lo hiciera en la plaza del mercado. "Ella puede usarnos como si fuéramos máscaras", pensó Rownie y se preguntó si eso era algo que Graba podría hacer con él. La sola idea le provocó pánico. El peso de todo lo que ignoraba acerca de su propio hogar lo apretó y lo estrujó como las garras de Graba. No se sentía como un gigante. Se sentía como la cosa más lejana a un gigante. Como un insecto. Una chinche o un escarabajo.

"Graba no puede usarme", decidió. "No puede. No lo hará. Si pudiera hacerlo, no hubiera mandado a todo el mundo a buscarme".

Se movió cautelosamente por el pasillo del vagón. Se sentía atrapado en el interior y sabía que no podía quedarse allí. Los otros ya estaban buscando en los vagones, en cada uno de ellos. Si se quedaba, lo encontrarían. Rownie no sabía lo que podría pasar entonces. No quería ni imaginarlo.

Entonces levantó la vista hacia la entrada del vagón. Vass estaba allí, mirándolo.

# Acto primero,
## escena séptima

Rownie aspiró largamente y luego soltó el aire. Se puso en pie. No corrió. Ella lo atraparía si él se echaba a correr. Así que le demostró que no huiría al quedarse allí. Rownie esperó, para ver qué pasaba.

Vass seguía observándolo. Desplegó su sonrisa cruel, pero no se movió ni hizo nada más.

—¿Lo ves? —preguntó Stubble desde afuera—. ¿Lo encontraste?

Vass miró a Rownie directamente:

—No, Graba. No está aquí.

—Asegúrate de que es así —dijo Stubble—. Y tráeme un espejo. Si es que puedes encontrar uno que no esté roto y también tráeme un cojín nuevo para mi silla.

—Sí, Graba —respondió Vass—. Creo que el raquítico se metió dentro de un túnel. Ya no están tan inundados como antes.

—Malditas sean las siete papadas del señor alcalde —dijo Stubble—. Otra vez está bombeando el agua para sacarla. Puedo escuchar el respirar y repicar de sus sifones secándolo todo. Me voy a asomar por allá.

—Sí, Graba —dijo Vass.

Fue y se sentó en una de las mesas de cobre, cruzó las piernas y acomodó las manos frente a ella. Así, sentada, no era mucho más alta que Rownie, quien se colocó en la silla que estaba enfrente.

—Gracias —susurró, y sí estaba agradecido. Pero también era una pregunta. No podía recordar una sola vez que Vass lo hubiera ayudado a hacer nada, y éste era un momento un poco raro para empezar a hacerlo. Mentirle a Graba no era poca cosa.

Vass apartó su agradecimiento con un gesto de la mano.

—Hoy me trató como a una larva. No puede hacer eso. No voy a permitir que lo haga, a mí no. Los usa. Los usa para desplazarse. Ella siempre se está moviendo, siempre, incluso cuando está en casa, en su buhardilla. Pero no voy a dejar que me utilice. Yo no soy una larva.

—Yo tampoco —dijo Rownie, y deseó que fuera cierto—, yo tengo un nombre.

Vass mostró su sonrisa cruel.

—No es verdad —dijo—, tienes el nombre de Rowan, en diminutivo. Pero Graba no puede usarte.

Rownie deseó con toda el alma que Vass estuviera diciendo la verdad.

—¿Por qué?

—Porque tienes algo de talento para usar máscaras. ¿Por qué crees que te mantiene cerca de ella? —preguntó Vass.

Tomó el cojín de la silla junto a ella, lo inspeccionó y comenzó a desempolvarlo dándole golpes contra la mesa. Rownie parpadeó, tratando de sacarse el polvo de los ojos.

—¿Por qué le interesan las máscaras a Graba?

—Olvídalo —dijo Vass—. No te debería importar lo que le interesa a Graba, ya no. Voy a apagar las luces. Entonces, nos iremos. Dejaremos de buscarte una vez que esté oscuro.

—Gracias por haberme ayudado a esconderme —dijo Rownie.

Vass sacudió la cabeza con fuerza, como si tuviera algo pegado a la nariz y quisiera que se despegara.

—No me des las gracias. No te estoy ayudando. No lo estoy haciendo por ti —dijo. Se puso en pie, con el cojín en las manos—. Adonde vayas después de esta noche, donde termines, asegúrate de mantenerte alejado de las orillas del río. El río está enojado. Viene la creciente.

"Viene la creciente". Las inundaciones siempre estaban llegando, pero Rownie no podía recordar una sola vez que hubiera habido una inundación. Era una frase que la gente repetía, aunque Vass la decía de una forma distinta, como si la creciente estuviera a punto de llegar.

Rownie quiso preguntarle qué quería decir, pero Vass ya no le prestaba atención. Sus ojos miraban hacia otra parte.

—Mi conjuro ha terminado, los nudos se han desatado —canturreó suavemente.

Rownie sintió que el aire cambiaba alrededor de ellos. Sintió que el mundo cambiaba con sus palabras.

Las luces se apagaron. Rownie escuchó a Vass salir del vagón.

Afuera, algunas larvas se pusieron a protestar. Hablaban como larvas y ya no como Graba.

—Eres una inútil para las artes de bruja. No te deberían permitir usar tu nombre —dijo Blotches.

—Todavía estoy aprendiendo. Y no puedo mantener las cosas encendidas durante largo rato sin aceite. Mejor le ponemos una mecha a Greasy y lo usamos *a él* como farol —contestó Vass secamente.

—Cállate —dijo Greasy.

—Seguro que el raquítico volvió sobre sus pasos y ya se fue. O a lo mejor se metió en los túneles y los excavadores lo atraparon —dijo Vass.

—No hay ningún excavador en los túneles. ¿O sí? —preguntó Greasy.

—Ah, sí que los hay. Claro que sí. ¿Quieres verlos? ¿Quieres que te echemos para allá abajo? —contestó Vass.

—¡Que te calles! —dijo Greasy.

El sonido de sus voces se fue apagando mientras salían de la estación de trenes del Lado Sur. Rownie se quedó solo.

—Ah, sí, ahí lo tiene. Como que sí. ¿Quiere verlos?

—¿Quieres que lo dejemos para mañana? —murmura Luis.

—¿Que tú qué? Pero, oye...

Plumas de... hm y... hm... luego de... hm...

... gente... la sábana hm hm... e. Luis... en voz muy aguda...

# Acto primero,
## escena octava

Rownie trató de convencerse de que era *él* quien espantaba en la estación de trenes del Lado Sur; que las otras cosas que rondaran por allí debían temerle *a él*, pero no lo lograba del todo. Estaba seguro de que había excavadores en el túnel y dudaba de lo que Vass le había dicho: "Graba no puede usarte, tienes algo de talento para usar máscaras".

Rowan era muy hábil para las máscaras. Traía una puesta la última vez que Rownie lo había visto, la última vez que alguien lo vio. Eso había pasado hacía meses, en una taberna del Lado Sur.

—Es sólo un humilde espectáculo de taberna —había dicho Rowan—. Nos subiremos a las mesas de atrás. Quizá la gente nos escuche mientras comen, quizá no.

—Apuesto a que viene la guardia. Se han estado llevando a los actores. Los ponen a trabajar de excavadores —dijo Greasy.

Rowan sonrió y movió la cabeza:

—Estamos en el Lado Sur. ¿Desde cuándo en el Lado Sur se presta atención a los edictos más tontos de nuestro señor alcalde? No te preocupes.

—Pero no vayas a usar una máscara de Graba —advirtió Vass—. Aborrece la idea de que alguien pueda tomar su lugar.

—Tú imitas su voz todo el tiempo —señaló Rowan y se puso a hablar como Graba—: "Hazme unos mandados, niño. Tráeme el sol, la luna y las estrellas antes de la cena. Hazlo por mí, anda".

Rownie se rio y Rowan también, y pareció la misma risa.

Vass no se rio. Arrugó la frente:

—Las máscaras son diferentes.

—Y ¿te toca usar máscaras grandes de piratas amenazadores y gruñones? —le preguntó Rownie a su hermano mayor.

—Parece que tú ya traes una puesta —le dijo Rowan. Se inclinó y le tocó la nariz con la punta del dedo—. Buena máscara.

—La tuya es más ceñuda —dijo Rownie y los dos trataron de hacer las caras más horribles hasta que llegó la hora de comenzar la función.

—Toma —dijo Rowan—, sostén mi abrigo hasta que la función termine.

Le dio a Rownie su abrigo color polvo y se metió detrás de una cortina hecha con sábanas y un palo de escoba. Los personajes no tenían nombres propios. El héroe se llamaba Joven, corría aventuras y todo el tiempo trataba de hacer cosas heroicas. Rowan usaba una máscara sonriente y barbada, la del mejor amigo del Joven, quien se llamaba Vicio. Usaba una espada rota, sacaba monedas de las orejas de los otros actores con manos más rápidas que el ojo humano. Con las monedas compraba vino y quería que Joven lo bebiera.

En una ocasión Rowan miró hacia el público, capturó la mirada de Rownie y le guiñó detrás de la máscara de Vicio.

—Lo van a arrestar —dijo Greasy—. Se lo van a llevar, lo van a torturar y *luego* lo van a convertir en un excavador.

—Cállate, déjame oír —dijo Vass.

—Eso no va a pasar, eso no va a pasar —murmuró Rownie dos veces. Pero en ese mismo momento, la guardia entró marchando por la puerta.

La taberna se quedó en silencio. Todos dejaron sus tarros y sus platos. El capitán se subió en un banco y después en una mesa. Los comensales de esa mesa rápidamente apartaron su comida. El capitán desenrolló un pergamino, carraspeó y empezó a leer: "No es legal usar máscaras en Zombay. Un marinero tiene que aprender su oficio y las artes de su barcaza, pero un actor se pone una máscara e imita su estilo sin ninguna de tales habilidades. Si el actor intentara guiar una barca, encallaría sin remedio".

Los actores comenzaron a reír.

—Probablemente —dijo uno de ellos.

"Un guardia se gana el derecho a llevar una espada —continuó el capitán—, con servicio y sacrificio. Los actores degradan ese derecho cuando usan máscaras y blanden espadas de madera para divertir a la gente".

Nadie rio. Uno de los actores interpretaba a un guardia. De su máscara, ahí donde debían estar los ojos, sobresalían toscos engranes de madera. Los pequeños engranes de vidrio en los ojos del capitán giraban cada vez más rápido, conforme seguía leyendo.

"Es un gran honor ser concejal de la ciudad. Un actor puede robar este honor al usar máscaras y túnicas para imitar lo aparente de este puesto. Entonces, y por orden del señor alcalde de toda Zombay, se termina el asunto de las funciones de teatro. Los actores son mentirosos. Los ciudadanos no pueden ser actores y no deben fingir que son lo que no son".

Los otros guardias arrestaron y se llevaron a los actores. Rowan todavía llevaba puesta la máscara sonriente y Rownie no podía ver la cara de su hermano.

Marcharon con los detenidos hacia la puerta bajo la mirada acompasada del capitán, que continuaba sobre la mesa. Entonces Rowan pateó una pata de la mesa, que se rompió, y el capitán se fue hasta el suelo con un clangor y un escándalo metálico.

Rowan saltó hacia un lado, escapó de los brazos que intentaban atraparlo y desapareció en la parte trasera, donde estaban las cocinas. Rownie escuchó platos rotos y maldiciones cuando dos guardias fueron tras su hermano. El capitán se levantó y gritó con voz muy alta. Una de sus botas de cobre estaba abollada y el pie le sobresalía en un ángulo extraño.

—Creo que es mejor que nos vayamos —dijo Greasy.

—Obviamente —dijo Vass.

Rownie miró hacia la puerta de la cocina; quería seguir a su hermano. Quería asegurarse de que había escapado y estaba a salvo, pero habían sucedido demasiadas cosas rápidamente y ahora el alboroto había concluido. Aferró el abrigo de Rowan con toda el alma y siguió a Vass y Greasy. Los tres se escurrieron fuera de la taberna y se alejaron.

Rownie había esperado encontrar a su hermano en la choza de Graba, aun cuando era bastante mayor y demasiado alto para dormir allí. No podía pasar la noche con los actores, ahora que los habían arrestado, y la choza parecía el lugar ideal para esconderse de la guardia, que solía mantenerse lejos de Graba. Pero

Rowan no llegó a esconderse. Pasaron días y semanas sin saber nada de él.

"Está escondido", se decía Rownie, una y otra vez. "Tal vez se fue navegando por el río para escapar de la guardia. Pero pronto estará de vuelta y nos embarcaremos juntos y lucharemos contra piratas o seremos piratas. Regresará".

Rownie se preguntaba cómo lo encontraría su hermano ahora que había huido de la casa de Graba y estaba hecho un ovillo en un vagón abandonado, tratando de oír si venían excavadores por el túnel.

Trató de recordar la máscara de gigante sobre sus hombros. Trató de imaginarse como un gigante, enorme e intocable. Trató de imaginar que era Rowan, moviéndose por el mundo con facilidad y muerto de risa con todo lo que pasaba. Se envolvió muy apretado en el abrigo de Rowan y se acurrucó en el asiento acojinado del vagón. Se sentía muy pequeño.

Dormir era imposible. Entonces las precipitadas emociones de correr y esconderse lo fueron abandonando y quedó exhausto. Mal que bien se durmió.

Soñó que Rowan todavía llevaba la máscara de Vicio, la que había usado en la taberna. La máscara sonreía. Era lo que le salía mejor.

En el sueño Rowan volteaba la máscara al revés y se convertía en una máscara de Graba, con un ojo medio cerrado y el otro abierto y redondo. Y después *era* Graba quien estaba allí de pie, ya no era Rowan. Estaba encaramada en la orilla del escenario de los duendes y levantaba una garra hacia atrás, una garra de verdad, cubierta con escamas negras y moradas como de buitrejo. Apartó las cortinas y detrás estaba el río, que se desbordó y cubrió el escenario y la ciudad. Rownie despertó. Sintió la silla acojinada debajo de él y se sorprendió porque no era la paja del suelo de la casa de Graba. No supo por qué hasta que reunió todos los pedazos del día anterior y los juntó en su cabeza. Entonces recordó lo solo que estaba.

La luz del sol asomaba por el deslucido vidrio del techo en arco de la estación. Ya había amanecido. Algunos pichones estaban posados sobre los relojes colgantes. Parecían no prestarle la más mínima atención. No pensó que fueran pájaros de los de Graba. No lo creía.

Salió de la estación y se deslizó entre los barrotes de la reja oxidada. Algunos peatones iban por aquí y por allá, absortos en sus asuntos matutinos. Escogió un rumbo y comenzó a caminar.

Ahora, Zombay era un lugar nuevo para él. Y por primera vez en su vida, Rownie se sintió totalmente perdido.

Acto
segundo

# Acto segundo, escena primera

Rownie tenía hambre, esto era cierto casi siempre. El hambre era una especie de ruido de fondo en su cabeza y en la parte baja de su estómago. Pero el día anterior había gastado más energía de lo habitual corriendo hacia los duendes y lejos de las larvas, y necesitaba recuperarse.

Dejó que las piernas lo llevaran a buscar comida. Encontró algo afuera de la casa de Mary Mullusk. Ella estaba convencida de que su familia quería envenenarla, así que rara vez comía más de un mordisco de las cosas antes de arrojarlas por la ventana. Rownie llegó justo a tiempo para atrapar una manzana.

—Yo no me la comería —dijo la señorita Mullusk. Sonaba relajada, para ser alguien que creía estar rodeada de envenenadores—. Está podrida.

Rownie mordió la manzana, sonrió y se encogió de hombros. Sabía bien. Sabía perfecto. Ella sacudió la cabeza y se alejó de la ventana. Rownie esperó a ver si arrojaba más cosas podridas, pero no lo hizo.

Comenzó a llover. Rownie se envolvió más estrechamente en el abrigo y aspiró los olores de lodo polvoriento y piedra mojada. Trató de aclarar su cabeza. Todavía estaba cansado y todavía estaba solo. Era peor que como se sentía cuando Graba movía su choza sin avisar y sin decir adónde planeaba ir. Esta vez Rownie sabía dónde estaba la choza, pero no podía regresar; ya no era su hogar.

Extrañaba a Rowan, pero no sabía dónde podía estar ni tampoco por dónde comenzar a buscarlo.

La lluvia se deshizo en llovizna. Cada gota parecía colgar perfectamente quieta, como si alguien hubiera gritado "¡alto!" y la lluvia obedeciera. Rownie se movió entre las gotas suspendidas.

Decidió comenzar por la taberna en Muralla Rota, donde había visto a su hermano por última vez, para enterarse si alguien sabía algo. Se supone que esto se debe hacer cuando pierdes algo: ir al lugar donde lo viste por última vez, aunque hayan pasado algunos meses. Y tenía otra razón. "Tenemos función en Muralla Rota mañana", había dicho la anciana duende y también que sería bienvenido. Rownie podría formar parte de la compañía de los duendes, ser un gigante otra vez. Podría ayudar a montar obras de teatro. O trabajar muy duro para siempre en una ciudad subterránea de duendes, si eso fuera para lo que en realidad lo querían.

La taberna se llamaba Muralla Rota y el barrio también se llamaba así. Era una zona del Lado Sur en la que la mayoría de los edificios habían sido construidos con partes de la muralla antigua o en la misma muralla, en los bloques más grandes y sólidos. Había que recorrer un largo camino que le llevó a Rownie casi todo el día. No se apresuró. No corrió. Todavía le dolían las piernas y sólo había escamoteado una manzana. El hambre seguía allí, zumbando en su cuerpo.

Cuando llegó a la taberna encontró a unos duendes en el patio. Tomás estaba de pie sobre el techo de la carreta. Gritaba y sacudía su enorme sombrero negro:

—¡Verás! ¡Te voy a poner en mi próxima obra! ¡Voy a repetir tu cara en caricaturas grotescas y las pegaré sobre los títeres más feos y esmirriados!

Las puertas y ventanas de la taberna estaban cerradas. Parecía que nadie estaba oyendo las imprecaciones del viejo duende, pero él siguió insultando a las paredes:

—¡Escribiré tu nombre en versos inmortales y a lo largo de mil años será sinónimo de ridículo y desprecio!

Rownie permaneció en una esquina del edificio preguntándose por qué tanto alboroto. Estaba contento de ver una cara conocida —aunque tuviera una nariz larguísima y orejas puntiagudas—, pero nunca se atrevería a interponerse entre un duende maledicente y el objeto de sus enojos. Alguna de las maldiciones podría desviarse de su curso y caer en él.

—Con su permiso —dijo una voz.

Se apartó. Una duende pequeña y delgada pasó junto a él con los brazos cargados de disfraces. Traía puesto el tipo de vestido que usaría una dama, pero con la falda recogida sobre el hombro y debajo, visible, un uniforme de soldado. Su pelo corto estaba mojado y en picos.

Al alejarse se le cayó una máscara del montón de disfraces.

—Se le ha caído esto —comenzó a decirle, pero en ese momento ella le gritaba a Tomás:

—¿No te parece que ya hemos puesto a un buen montón de nuestros enemigos en versos inmortales? —le preguntó—. ¿De veras debemos humillar a la esposa tonta del tabernero y a su muy tonto marido por los próximos mil años? ¿De veras? Ya tenemos villanos con el nombre de los actores que se robaron los libretos de Semele, con el nombre del granjero que nos echó a los perros y con el del concejal de la nariz extraña. Ni siquiera me acuerdo de lo que hizo para merecer eso. ¿Qué hizo el concejal para ganarse una eternidad de desprecio?

Tomás la ignoró. Quizá no la había oído.

—¡Maldigo este lugar! —gritó—. ¡La cerveza se les va a agriar! ¡El pan se va a llenar de gusanos! ¡Atraeré sobre sus cabezas mil humillaciones y todas en verso!

La pequeña duende subió los escalones en la parte trasera de la carreta, empujó la puerta con el pie y entró. La puerta se cerró tras ella.

Rownie llamó.

—Se le ha caído esto —dijo en la puerta, pero nadie abrió.

—¡Que te lleve el río! —gritaba desde arriba Tomás, hecho una furia—. ¡Que las aguas se lleven a tu familia y ahoguen tus huesos! ¡Nuestro artífice fabricará un par de cuervos de cuerda y graznarán tu nombre infame en la ventana de tu dormitorio cada noche a intervalos irregulares! ¡Nunca más dormirás! —entonces bajó la voz, sólo un poco—: ¿Alguien recuerda cómo se llama?

—Cob —dijo una voz—. Mi padre se llama Cob.

Era una voz que sonaba muy joven. Rownie se asomó por un costado del vagón para ver de quién era. Una chica de pelo oscuro estaba de pie en el quicio de la puerta de la taberna con una cesta en sus brazos.

Tomás bajó del techo de la carreta y se detuvo frente a la chica. La lluvia arreció y las alas de su sombrero comenzaron a chorrear.

—Cob —repitió—. Es una sílaba sencilla para un cuervo de cuerda, ¿qué te trae bajo la lluvia, hija de Cob?

—Siento mucho que los haya echado —dijo la chica—. Ustedes merecen un pago por la función, así que les he traído pan.

Alzó la canasta que traía.

—Está recién hecho. No tiene gusanos, a menos que tus maldiciones trabajen muy rápido —concluyó y le dio la canasta.

—Retiro las maldiciones que arrojé sobre tu familia —dijo el viejo duende. Tarareó una tonada y convirtió sus palabras en una canción y un conjuro, más poderosos que si sólo las enunciara—. Quizá sí fabrique una máscara grotesca con la cara de tu padre, pero retiro cada maldición. Que la inundación se aparte de tu puerta y tus botas se mantengan secas.

—Gracias —dijo la chica—. Los bailarines estuvieron perfectos. Dígaselo, por favor.

—Se los diré. Pero ¿a quién debo atribuir este comentario? Aún no sé cómo se llama usted, joven señorita —preguntó Tomás.

—Soy Kaile —dijo ella.

Tomás se quitó el sombrero e hizo una reverencia.

—Gracias, Kaile, por el tributo de tus elogios y por la ofrenda del horno familiar —rebuscó en su sombrero y apareció una pequeña flauta gris—. Este recuerdito es suyo, me imagino.

Kaile tomó la flauta. Entonces alguien le gritó desde la puerta de la taberna y la chica regresó corriendo. Tras ella se oyó un portazo. Tomás parecía más pequeño allí donde estaba. Regresó a la carreta con la cabeza gacha y estuvo a punto de chocar con Rownie.

Rownie hubiera querido decir algo como "Disculpe señor, pero uno de los actores dejó caer esto y yo lo recogí, impidiendo que se enlodara y que probablemente alguien le pasara encima", pero en lugar de eso sólo dijo "Tome" y le dio la máscara de pájaro.

El duende la tomó y la dejó caer dentro de la cesta del pan.

—Muy agradecido —dijo con un gruñido.

No sonó agradecido, para nada. Sonaba más bien malhumorado y decaído. Entonces se fijó en Rownie.

—Te conozco. Actuaste de gigante y no lo hiciste mal. Pero desapareciste después de la función.

—Lo siento. Mi abuela estaba enfadada —dijo Rownie.

—Ya veo. Oye, ¿te gustaría…? —dijo Tomás.

El duende hizo una pausa. Entonces empujó a Rownie debajo de la carreta. Rownie resbaló en el lodo y se deslizó hasta que se detuvo. Le indignó que lo empujaran y estuvo a punto de gritar. Entonces escuchó pisadas y vio las botas entre la carreta y el camino. Decidió que sería mejor quedarse callado.

Un par de botas se adelantó.

—Hubo quejas acerca del ruido —anunció el capitán. Rownie reconoció su voz: era la misma de la taberna, la de la proclama dictada sobre una mesa—. ¿Ha escuchado algo sobre un duende furioso que grita maldiciones?

—No sé nada —respondió Tomás—, pero me impresiona que un personaje de tan alta jerarquía investigue un asunto tan nimio. La atención que usted presta hasta a la más trivial de sus obligaciones es sumamente meritoria. Me regocija sobremanera poner los ojos en su persona. Deseo, señor, presentar mi propia queja: los propietarios de esta taberna nos han estafado y no pagaron nuestro trabajo.

—Registrada —dijo el capitán, aunque su tono indicaba que la queja le importaba un pepino—, y se me ha hecho entender que unos duendes le pusieron una máscara a un niño noCambiado ayer, frente a un grupo de testigos. Los duendes enmascararon a un ciudadano noCambiado de Zombay.

—Eso hubiera sido terrible —respondió Tomás, muy serio—. Me aflige mucho que alguien pensara que unos simples actores tamlines como nosotros puedan ser capaces de algo tan irresponsable.

El capitán dio un paso adelante. Debajo de la carreta, Rownie retrocedió un poco.

—El señor alcalde estaría muy interesado en el paradero de *cualquier* actor noCambiado —dijo el capitán—. Incluso en un niño, incluso en alguien que haya usado una máscara una sola vez. A cambio de dicha información, el señor alcalde podría darles una licencia especial para actuar dentro de los límites de la ciudad.

—Eso es muy generoso, muy generoso —repuso Tomás—. Nosotros estaríamos encantados de ayudar al señor alcalde con los asuntos que le preocupan.

Rownie se preparó para salir corriendo. Sabía cómo escapar de la guardia. Sabía cómo zigzaguear por las calles del Lado Sur y escapar de aquellos que sólo marchaban en línea recta. Le dolerían las piernas, pero se preparó. Correría si eso era lo que tenía que hacer. Se obligaría a correr.

—Si llega a nuestros oídos el más vago rumor acerca de actores noCambiados —continuó Tomás—, iremos a buscarlo inmediatamente.

Rownie soltó el aire aliviado. Había contenido la respiración. No iba a correr, el viejo duende no lo iba a delatar.

—Hágalo —dijo el capitán—. Tengo algunos asuntos por aquí, pero mis hombres los escoltarán a una zona proscrita.

—Claro, señor —dijo Tomás educada y cortésmente—, claro que sí.

Los guardias dieron vueltas en ángulos precisos y rodearon la carreta. Rownie escuchó a Tomás subir al pescante. Una mula mecánica se desplegó frente a la carreta y Rownie pudo ver carbón al rojo vivo brillando en su barriga.

"Usan carbón", pensó, horrorizado. La mula comenzó a trotar. Su escondite comenzó a moverse y ahora no tenía cómo escapar. Había guardias por todos lados. Una compuerta se abrió en la base de la carreta encima de él. Varios pares de manos lo alcanzaron, lo cogieron y lo metieron dentro.

# Acto segundo, escena segunda

Los engranajes tintinearon, las ruedas de madera repiquetearon, la carreta avanzó y la compuerta en el piso se cerró. Rownie rodó alejándose de la compuerta y las manos que lo aferraban lo soltaron.

Miró hacia arriba. Lo primero que vio fue el dragón.

El títere lanzallamas colgaba de unas cuerdas atadas al techo y se mecía conforme la carreta avanzaba por las calles disparejas. Las ruedas pasaron por un bache y el dragón se inclinó hacia Rownie, como si quisiera morderle la cara. La luz de los faroles destelló sobre los afilados dientes de latón.

Sabía que era un títere, casi todo era de yeso y papel sobre un armazón de madera. Pero no pudo evitar hacerse pequeño contra el suelo y taparse la cara con los brazos. Bajó las manos cuando se dio cuenta de que no pasaba nada. El dragón se mecía sobre él, eso era todo lo que hacía.

A su alrededor, cuatro duendes lo miraban desde arriba.

Uno era el duende alto y calvo que había hecho malabares con fuego, y miraba a Rownie con la expresión de quien no ha decidido qué es lo que tiene enfrente. Otra usaba ropa áspera, manchada con grasa y aserrín; tenía el pelo largo, oscuro y atado con un pedazo de cordel —aunque la mayor parte de su pelo se había soltado—. La tercera era la que cargaba un montón de disfraces bajo la lluvia; traía puestos varios atuendos a la vez y el pelo en picos. Le hizo un pequeño saludo con la mano.

La cuarta era Semele, quien le había ofrecido té debajo del escenario y le dijo que sería bienvenido.

Todos tenían orejas puntiagudas y ojos enormes —aunque Semele los guiñaba detrás de sus pequeñas gafas—. Sus rostros estaban salpicados de verde y marrón.

—Hola, Rownie —dijo Semele—, me alegra que nos hayas encontrado de nuevo. Sí.

Rownie no estaba del todo feliz por haberlos encontrado. Se sentía nervioso e inquieto. Se incorporó y miró a su alrededor y eso no lo tranquilizó. Utilería, máscaras e instrumentos musicales almacenados en canastas vibraban y hacían ruidos raros al chocar unos con otros. La luz de los faroles proyectaba sombras extrañas, que se mecían hacia delante y hacia atrás conforme la carreta avanzaba. Todo lo que lo rodeaba era inquietante. Olía a ropa vieja y papel.

—Hola —dijo Rownie, bajito y con precaución.

El duende alto y calvo guardó silencio. La duende con la ropa manchada tampoco dijo nada.

—Ellos nunca dicen nada —dijo la duende del pelo en picos. Tenía la voz aguda y sus palabras saltaban de un lado a otro como grillos—. Como sea, Patch nunca dice mucho. Él es Patch, el alto. Ella es Nonny y, la verdad, tampoco dice nada. Yo soy Essa. Compartimos el escenario anoche, cuando yo actué de Jack y tú estabas intentando que la máscara de gigante no se te resbalara.

Rownie quiso aclarar que la máscara de gigante jamás estuvo en peligro de caerse, y que, la verdad, lo había hecho todo perfectamente, gracias, pero en su lugar dijo otra cosa.

—Ustedes usan carbón —se le escapó sin querer. Estaba muy molesto. Él sabía cómo se movían los autómatas. Sabía de dónde venía el carbón—. La mula mecánica funciona con carbón.

—¡Sí, carbón de corazón de pescado! —protestó Essa—. Sólo usamos corazones de pescado para que Horacio avance. Se necesita mucho corazón para conseguir un fueguito decente, pero los pescaderos en los muelles los venden a granel y es casi tan bueno como el que... hace un fuego tan bueno como el que se logra con... corazones más grandes.

—¿De veras? —preguntó Rownie. Ignoraba que los corazones de pescado fueran combustibles.

—De veras —contestó Essa.

—¿Quién es Horacio? —preguntó Rownie.

—Horacio es la mula —informó Essa.

—Ah… ¿sí? —preguntó Patch.

Nonny también parecía un poco desorientada. Esto, evidentemente, era nuevo para ellos.

—Sí. Yo le puse el nombre hoy —dijo Essa—. Necesita un nombre y para mí tiene aspecto de Horacio.

Semele calló a todo el mundo:

—Creo que tenemos que bajar la voz. La guardia va marchando a nuestro lado y las paredes no son gruesas. Por favor, tomen asiento, sí.

Todo el mundo se sentó, menos Rownie, quien ya estaba sentado en el suelo.

Patch se quedó mirando la pared de manera seria y triste, como si estuviera esperando que la guardia los arrestara, independientemente de lo que dijeran o hicieran.

Nonny se sentó en una caja y comenzó, pacientemente, a doblar un pedazo de papel en diferentes formas. Primero en forma de grulla, luego de lagartija, luego de engranaje. Rownie reconoció el letrero escrito sobre el papel. Era una copia del volante que anunciaba el Teatro Tamlin, el que había visto en el puente.

Essa se sentó, comenzó a revolverse, se levantó y subió a uno de los muebles adosados a la pared. Se colgó de las rodillas con la cabeza hacia abajo y comenzó a tararear una canción, muy bajito. Semele se quitó las gafas, las limpió con un trapo y se las volvió a poner.

La carreta se detuvo. Essa dejó de tararear. Todos se pusieron a escuchar.

Afuera, Tomás gritó algo breve.

—¿Pidió ayuda? —susurró Essa. Un susurro de lo más sonoro—. Creo que acaba de pedir ayuda —metió la mano en una cesta destapada y con mucho cuidado desenvainó una espada de utilería—. La verdad es que no lo pude oír claramente. Tal vez dijo "¡Pum!, dromedario caído". Ha dicho algo parecido a eso. ¿Qué tipo de señal es esa?

—No creo que haya dicho eso —explicó Semele—. Creo que dijo "los Cambiados piden asilo", y eso significa que estamos a las puertas del campo luminoso.

Essa se lamentó. Patch suspiró. Nonny dobló su papel en forma de máscara.

—¿De verdad debemos dormir en el campo luminoso? —preguntó Essa—. Lo más agradable de venir a casa en Zombay es que tenemos un lugar mucho mejor para quedarnos que campos luminosos o encrucijadas, o encrucijadas en campos luminosos.

Semele movió la cabeza:

—La guardia nos ha traído aquí. No es seguro ir a casa y mostrarles dónde está.

Rownie comprendía muy poco de esta conversación, a pesar de que escuchaba atentamente. Repasó las palabras en su mente como arena fina entre sus manos y pescó lo que pudo. Como era el más joven, estaba acostumbrado a unir lo que entendía de fragmentos de conversaciones que escuchaba, y lo demás lo ponía cuidadosamente en una repisa en el fondo del pensamiento.

Se oyeron chirridos de metal contra metal. Rownie no distinguió el ruido. No pensó que fueran las piernas de Graba. No lo pensó. Sonaba como una reja que luchaba contra sus propios goznes.

La carreta reanudó la marcha, esta vez sin sonido de botas de guardias acompañándolos. Rodaba sobre un terreno aún más pedregoso que las calles del Lado Sur y todos en el interior se aferraron a las paredes o al suelo. Pasaron por un bache descomunal y Rownie se mordió la lengua cuando sus dientes entrechocaron por el impacto. Le dolió, pero no gritó. Se le tensó la cara por el esfuerzo de no gritar.

Finalmente, la carreta se detuvo. Se abrió una pequeña compuerta en la pared delantera.

—Hemos llegado —dijo Tomás a través de la puerta.

—¿Dónde estamos? —preguntó Essa, pero Tomás ya había cerrado la compuerta.

La carreta entera temblequeó cuando la mula mecánica se plegó sobre sí. Semele abrió la puerta en la parte de atrás y salió. Los demás la siguieron. Rownie era el último, pero Essa lo detuvo en la salida. Todavía llevaba la espada en la mano.

—La guardia puede estar allá fuera —musitó en su resonante murmullo— y se enojarían con nosotros si te vieran, porque Tomás les dijo: "No, oficial, no tenemos idea de dónde puede estar ese niño que se puso la máscara, y que quede muy claro que no está escondido debajo de nuestra propia carreta". Así que quédate escondido un momento más.

Se asomó y puso cara de tristeza. Murmuró algunas maldiciones en voz baja. Eran maldiciones decentes, cantadas en un ritmo pasable: "Que al capitán de la guardia le salgan pelos horrorosos en las orejas y que sus ojos de vidrio den vueltas en la dirección que no deben".

—¿Están allá afuera? —preguntó Rownie—. ¿La guardia?

—No —explicó Essa—, pero las tumbas sí. Estamos en el campo luminoso[6] —y salió de la carreta.

Rownie respiró profundamente. Sabía que Graba algunas veces enviaba larvas a hacer mandados al campo luminoso y a recoger el tipo de cosas que crecen en la tierra de los sepulcros. Blotches siempre regresaba lleno de historias de cómo había peleado contra los espectros. Rownie estaba seguro de que Blotches inventaba lo de las peleas, pero no de que inventara a los espectros.

Trató de sentirse como un gigante. Se puso el abrigo de su hermano alrededor de los hombros y salió.

# Acto segundo,
## escena tercera

La carreta quedó estacionada en un claro cubierto de hierba y rodeado de tumbas. Las lápidas estaban todas gastadas y torcidas, como dientes mal cuidados. Un árbol solitario tendía sus ramas torcidas al aire. Rownie distinguió monumentos amontonados cerca de las rejas; criptas, mausoleos, obeliscos, todos en el extremo lejano del campo, allá donde estaba enterrada la gente importante. Parecía una pequeña ciudad.

La lluvia había cesado. Las nubes se habían abierto y ahora se alejaban rápidamente. El sol estaba cerca del horizonte. Olía a lodo fresco.

—¿Vamos a pasar la noche aquí? —preguntó Rownie a los demás.

Del hostil y torcido árbol colgaban viejas cuerdas de ahorcado.

—Sí, aquí dormiremos. Los tamlines no podemos pasar la noche en ninguna parte dentro de los límites de la ciudad. La mayoría de nosotros, así como otros Cambiados, acampamos lejos de la ciudad, pero también podemos dormir en lugares que en realidad no son considerados lugares. Éste es un sitio adonde la gente viva viene a visitar a la gente muerta, así que funciona a la perfección como algo en medio y no precisamente lo uno, ni lo otro.

—Ah —dijo Rownie—. Y ¿qué es un tamlin?

—Es una palabra más amable que duende —dijo Semele.

—Ah —respondió Rownie—. He escuchado que el sol los quema si se quedan mucho tiempo en el mismo lugar.

—No es cierto —repuso Semele—, aunque sí nos podemos insolar.

Los duendes comenzaron a moverse. Tendieron cuerdas y colgaron los disfraces húmedos para secarlos. Encendieron una hoguera y pusieron la tetera. Rownie trató de no estorbar; observaba, preguntándose si de veras era éste un lugar seguro. No porque estuviera acostumbrado a estar a salvo, pero al menos sabía en qué maneras llegaban los peligros a los que estaba expuesto cuando estaba cerca de Graba o de las larvas; más bien creía que lo sabía. Pensó en las larvas mirándolo como Graba y llamándolo con la voz de Graba. Se dio cuenta de que, la verdad, no sabía mucho de ellos, ni de sus peligros.

Al terminar sus quehaceres los duendes se reunieron. Semele preparó el té y Tomás trajo la canasta de pan.

—Veamos qué podemos preparar para la cena —dijo—. Tenemos algunas cosas secas y otras en escabeche, conservadas para emergencias contra el hambre, y el pan que la joven Kaile nos dio en Muralla Rota, lo cual fue muy generoso de su parte. De cualquier forma, con lo que tenemos no podremos elaborar un manjar para artistas de nuestra estatura y nuestros logros.

—El invierno pasado comimos rata salvaje —dijo Patch.

—Eso no fue apetitoso —dijo Tomás.

—A mí me gustó un poquito —dijo Essa.

Tomás carraspeó y pasó la cesta de pan a cada miembro de la compañía. Con cada paso que daba su bastón se enterraba en el lodo y lo tenía que desatascar a cada rato.

—El pan viene acompañado de una reseña gratuita de nuestra actuación —dijo Tomás—. A la chica le gustó especialmente "Las siete bailarinas".

—Ay, qué bien —dijo Essa—. Pero hay que cambiarle el nombre, porque yo soy la única.

—Pero sugieres hermosamente las otras seis —agregó Tomás.

La canasta llegó hasta Rownie. Metió la mano y sacó un pan. Al hacerlo, sus dedos rozaron la máscara de pájaro que seguía allí. Por supuesto, estaba hambriento. Parecía como si hubieran pasado semanas desde la manzana no envenenada de la mañana. Pero se preguntó qué serían las cosas secas y en escabeche. Tal vez los duendes comían polillas y flores. O a lo mejor comían los dedos de los pies de los niños.

"¿Comiste lo que te dieron?", había preguntado Graba. "¿Bebiste lo que te ofrecieron?". Se preguntó qué le pasaría si comía.

Compartieron trozos de pescado salado en lugar de dedos de niños y unas cuantas frutas secas en lugar de polillas y bebieron del té de Semele en tazones de madera, mientras Tomás tarareaba una canción y tocaba una vieja mandolina. El pan todavía conservaba el calor de la panadería de Muralla Rota, y estaba tan sabroso que le dieron ganas de meterse en una hogaza del tamaño de una cama y quedarse dormido allí. El pescado de río estaba salado, suculento y excelente. El té sabía a limón.

Rownie estaba impresionado porque los duendes eran más generosos con su comida que nadie en casa de Graba y aguantó las ganas de esconder un poco de fruta seca en su único bolsillo. Sintió que se relajaba y dejó de pensar en salir corriendo en cualquier momento. Dejó de estar al pendiente de espectros o de la guardia. Dejó que se le calentaran los pies cerca del fuego.

Entonces Tomás se inclinó hacia él. El viejo duende no dejó de cantar ni de tocar la mandolina, pero era evidente que ya no le interesaba la música.

—Dígame, pequeño señor: en toda la vastedad de Zombay, ¿dónde puede estar escondido su hermano?

Rownie tosió y escupió casi todo un sorbo de té. Gotitas sabor limón sisearon en el fuego.

—Disculpe la abrupta brusquedad de mi pregunta —dijo Tomás—, pero hemos estado buscando a Rowan con cierta preocupación. Le enseñamos el lenguaje de las máscaras y lo habla muy bien, mejor que cualquiera en esa compañía de aficionados noCambiados. Entonces tuvimos que salir de Zombay para atender un asunto importante, muy lejos río abajo. Regresamos y nos encontramos con que su compañía había sido arrestada y deshecha, y que Rowan había escapado, pero desapareció. El último lugar donde actuó fue en Muralla Rota. ¿Por casualidad tendrá usted la menor idea de dónde estará escondido ahora?

El círculo de duendes miró a Rownie con sus ojos enormes salpicados con chispas brillantes. Rownie trató de no volver a toser. El mundo había cambiado de forma y le costaba trabajo reconocerlo.

—¿Ustedes conocen a mi hermano? —preguntó.

—Sí que lo conocemos —dijo Tomás—. Es un tipo de primera, un alumno respetuoso, aunque con un toque de travesura que se necesita para nuestra profesión.

A Rownie le resultó tan difícil tragarse este hecho como le había costado pasarse el té. Sabía que el mundo y la vida de su hermano eran mucho más amplios que la choza de Graba, pero no le gustó pensar que sabía tan poco al respecto o que estos duendes lo conocieran mejor que él.

—No creo que deba ayudar a nadie a encontrarlo si él no quiere ser hallado —dijo Rownie—. Gracias por la comida. Gracias por esconderme del capitán de la guardia. Pero... —no encontró una forma amable de decir lo que seguía, así que lo dijo como pudo—: ¿por qué debería confiar en ustedes?

Semele sonrió. Nonny no dijo nada, claro. Essa sugirió.

—¿Porque somos agradables?

Patch se encogió de hombros, se puso serio y dijo:

—A lo mejor no deberías hacerlo.

Tomás dejó escapar un suspiro y su barba se expandió en todas direcciones. Dejó de tocar la mandolina y la colocó a un lado:

—Porque te juro, por el escenario mismo, por cada historia y personaje al que he dado vida mientras camino por las tarimas, por cada máscara que haya usado y a la que haya concedido el uso de mi voz, que jamás le haríamos daño a tu hermano; que si lo encontramos tal vez podamos evitar que un gran daño caiga sobre mucha gente, entre ella, nosotros mismos incluidos. Lo juro por sangre, por agua, por fuego y por el escenario.

—¡Vaya! —dijo Essa.

Rownie también estaba impresionado, pero no estaba convencido todavía.

—Los actores son mentirosos. Ustedes fingen. Decir mentiras es su trabajo —respondió.

—No. Siempre usamos máscaras y pocos datos para encontrar la verdad, y cuando la encontramos, la moldeamos para que se vuelva más verdadera —dijo Semele. Recogió un guijarro del suelo, lo limpió con la manga y se lo ofreció a Rownie—. Toma. Ésta más bien es una manera de saludar a los muertos, quienes están silenciosos como piedras y, por lo tanto, acostumbrados a una forma de hablar aguijarrada. No creo que Rowan esté muerto, pero está perdido y, por lo tanto, silencioso. Sé que ésta era la forma en la que él saludaba a tu madre. Así que ahora la usaré para saludarte a ti, sí, a ti. De parte de él y también de parte mía.

Rownie tomó el guijarro que se le ofrecía. Era gris verdoso con forma de huevo.

—Hola —dijo.

—Bienvenido a nuestra compañía —dijo Semele—. Puedes quedarte y actuar con nosotros. Te enseñaremos el lenguaje de las máscaras, aunque tenemos que andar con cuidado, ya que usar máscaras en estos días puede acarrear arresto y prisión, no como antes. También tenemos que ser cautelosos porque tu familia anterior andará tras de ti. De todas formas eres bienvenido. A cambio de ello, por favor ayúdanos a encontrar a tu hermano antes de que vengan las inundaciones.

Rownie guardó el guijarro en el único bolsillo de su abrigo.

—Quizá está en el puente —dijo suavemente—. Lo busco ahí y en ocasiones veo a alguien que se le parece. Nunca es él, la verdad. Pero a lo mejor está ahí.

—También lo hemos buscado en el refugio del camino del Violín —dijo Tomás— y no lo hemos encontrado. Pero seguiremos en la búsqueda. Estaremos muy agradecidos por cualquier ayuda que usted pueda ofrecernos.

—¿Qué significa eso de que su familia anterior estará buscándolo? —preguntó Essa—. ¿Debemos preocuparnos por la vieja patas de pollo? ¿Otra vez?

—Sí —respondió Semele—. Por favor, sean cuidadosos cuando estén cerca de pichones. Avísenme si los ven. Cuéntenme si sueñan con ellos y griten cuando se despierten de esos sueños.

—Los pichones no son muy listos —dijo Essa—. Bueno, es que yo conocí a un búho que usaba los pomos de las puertas y a una pareja de cuervos que tocaban juntos el clavicordio. Tenían voces horribles, pero eran realmente fantásticos con el clavicordio. En cambio los pichones son tontos y parecen sarnosos. ¿De veras debemos preocuparnos por ellos?

—Sí —dijo Semele—. Díganme si sueñan con ellos.

—Hablando de sueños —intervino Tomás—, ya va siendo hora de irnos a descansar. Nos espera una larga caminata antes de la función y la búsqueda de mañana. Escojan sus máscaras para la caminata matutina y, después, a la cama. Ven, Rownie. Ésta será la tuya.

Se quitó el sombrero y de su interior sacó una máscara de zorro, con orejas peludas, nariz larga y bigotes de zorro. Rownie tomó la máscara y la examinó. Ésta le sonreía con pequeños y afilados dientecillos. El pelaje era corto y áspero cuando pasó su pulgar en sentido contrario al crecimiento del pelo. La acicaló con la mano.

—También usarás guantes y sombrero, para ocultar tus facciones nada tamlines. La guardia se pondría muy a disgusto con nosotros si enseñamos el arte de las máscaras a un niño noCambiado. De esta forma podrás esconderte a la vista de todos de día y parecer un tamlin como nosotros. Ahora todos a descansar. Yo me encargo de recoger y limpiar. Rownie, búscate una hamaca libre en la carreta y mantén cerca tu máscara de zorro mientras duermes —le dijo Tomás.

El viejo duende vació el té que quedaba en la tetera sobre el fuego, que siseó, chisporroteó y echó vapor.

—Buenas noches —dijo Semele.

El resto de la compañía murmuró sus buenas noches. Rownie se puso en pie. Pasó la punta de los dedos sobre los dientes del zorro. Se preguntó si podría dormir en un campo luminoso, rodeado por tumbas y duendes y quizá espectros; con una cuerda de ahorcado colgando de un árbol y pesadillas de pájaros flotando en el aire, esperando ser soñadas. Después bostezó y siguió a Essa, Patch y Nonny dentro de la carreta. Tenía la máscara de zorro en una mano; con la otra se aseguró de que el saludo de piedra que guardó en el bolsillo siguiera allí.

# Acto segundo, escena cuarta

En el interior de la carreta colgaban varias hamacas, como camas de marineros en una barcaza. Rownie encontró una vacía, puso la máscara debajo y trató de entender cómo subirse. A la tercera, lo logró. Nunca antes había dormido en una hamaca.

No creyó que fuera posible dormir. La cama le resultaba extraña. Tanto la paja como la cuerda pican, pero de manera distinta, y él estaba acostumbrado a la comezón de la paja. Pero había caminado mucho al principio del día y al final había comido la mejor cena que hubiera probado jamás. Estas dos cosas atrajeron la modorra y Rownie dejó que el sueño se lo llevara.

Soñó que la ciudad era, también, su cara. El puente del camino del Violín era el puente de su nariz y sentía cosquillas cuando la gente cruzaba del Lado Norte al Lado Sur o del Lado Sur al Lado Norte. Despertó y se quitó un insecto de la nariz; por un momento sospechó que una larva se lo había puesto allí de broma. Entonces se acordó de que ya no estaba con las larvas. Abrió los ojos.

Semele estaba junto a su hamaca y lo miraba entrecerrando los ojos. La luz que entraba por las ventanas abiertas reflejaba las partículas de polvo suspendidas en el aire.

—¿Pichones?

Rownie parpadeó. Empezaba a reconocer dónde estaba y no tenía idea de a qué se refería ella.

—¿Has soñado con pichones? —preguntó ella.

Rownie negó con la cabeza.

—Nada de pichones.

—Ah, qué bien. Eso está muy bien. Sí.

Rownie trató de sentarse, pero no fue cosa fácil y se tuvo que ayudar con los dos brazos para lograrlo. No sabía cómo bajar de una hamaca. Finalmente, le dio la vuelta y se cayó.

—¿Acaso el chico se ha lastimado?¿Acaso es frágil? ¿Está muerto? ¿Hemos perdido ya a nuestro pequeño actor incipiente? —preguntó Tomás desde otro lugar de la carreta.

Essa miró a Rownie por entre las vigas y las cuerdas.

—No está muerto —informó—. A menos que sea de ese tipo de muerto que después se pone de pie y camina.

—Muy bien, pues —dijo Tomás.

Rownie se puso en pie, avergonzado, y revisó que no hubiera estropeado la máscara al caer. El zorro sonreía, intacto.

Semele le mostró dónde estaba el desayuno. Un trozo de pan, fruta seca y un poquitín de yema de huevo para untar sobre el pan.

Los otros ya estaban despiertos y casi todos con máscaras en las manos. Patch tenía una media máscara con un ceño de lo más siniestro. Essa tenía dos, una de dama y otra que parecía heroica. Semele tenía una máscara pintada de gris azuloso, con pómulos altos y angulosos, y una larga melena blanca. Se sentó sobre una caja y comenzó a embadurnar claras de huevo en la melena.

—Es para que el pelo se le erice en todas direcciones —explicó Essa—. Actúa de fantasma y necesita que el cabello fantasmal flote como agitado por el viento entre los mundos, así que primero lo engoma con claras de huevo.

—Sí. Hubiera hecho esto anoche, la verdad —dijo Semele. Alzó la máscara para examinar su trabajo y luego le frotó más baba transparente en el pelo—. Lo va a tener todo aplastado cuando terminemos la caminata.

Rownie se preguntó qué era eso de "la caminata", así que inquirió:

—¿Qué caminata?

Tomás golpeteó el piso de la carreta con el bastón y sonrió astutamente:

—Rownie, ahora cumpliremos uno de los más grandes misterios de nuestra profesión; un misterio antiguo y grandioso. Nos enmascararemos y caminaremos por las calles de Zombay hasta el lugar de la función. Cada uno de nosotros irá solo, por distintas rutas, y de esta forma hallaremos a nuestro público. Todos aquellos que se fijen en ti cuando pases, aquellos que te sigan, bueno, sin intenciones de arrestarte, por ejemplo, ésos son nuestro público. Cada uno de nosotros los conducirá al mercado flotante, hacia los muelles y río arriba, hasta el último atracadero. Nonny cabalgará hasta allí y la encontraremos ya con el escenario dispuesto. ¿Conoces el camino?

Rownie asintió, porque sí sabía cómo llegar.

—¿Conoces varias rutas? —siguió Tomás—. Es que te puedes perder una vez separado de nosotros.

—No —respondió Rownie—. Yo no me pierdo. No me perderé.

No siempre sabía dónde estaba su casa. Porque su casa era un choza que se movía por todo el Lado Sur, de acuerdo al capricho de Graba. Pero siempre sabía dónde estaba en Zombay.

Se preguntó si Graba ya habría llevado la choza a otra parte. Quizá lo había hecho. Tal vez ahora estaría en un lugar lejano, en lo alto de los montes que se alzaban en el sur de la ciudad. Podría estar muy cerca. Podría haber apoyado la choza contra la pared del campo luminoso, cerca de la puerta, a un lado. Podría haberla movido a donde fuera.

—Muy bien —dijo Tomás—. Acuérdate, Rownie, y todos los demás, lo que hacemos es muy importante. Es un misterio de nuestro oficio. Quiero que se desenvuelvan con elegancia.

—Siempre hacemos esto cuando se nos olvida pegar los anuncios. De otra forma, nadie se enteraría del espectáculo —cuchicheó Essa a Rownie.

Tomás fingió no haberla escuchado, a pesar de que la voz sibilante de Essa había llenado todo el espacio. El viejo duende metió la mano en el sombrero y sacó una máscara de frente alta y una corona de hierro. Ésta era para él. También sacó un sombrero más pequeño y un par de guantes y se los dio a Rownie.

—Ponte éstos y la máscara de zorro también. Y debes dejar ese abrigo harapiento aquí.

Rownie se negó a quitarse el abrigo, pero se puso el sombrero, los guantes y la máscara. La cara de zorro olía a cuero y se pegaba de una forma rara a su piel. La nariz le picaba. Entonces dejó de concentrarse en la máscara y miró a través de los ojos de ésta. Vio todo lo que lo rodeaba con ojos de zorro.

—No te encorves. En absoluto. Los zorros son pequeños, más pequeños que tú, pero jamás se joroban.

Los actores tampoco. Yérguete y camina con intención. Muévete como la máscara desea que te muevas —le dijo Tomás.

Rownie no estaba seguro de cómo quería moverse la máscara, pero trató de mantenerse erguido.

—Bien —dijo Tomás.

La máscara se deslizó un poco por la cara de Rownie. Trató de acomodársela. Quiso preguntar si se la había ajustado bien, pero Tomás lo silenció con un shhh.

—Nunca hables cuando lleves la máscara puesta. No si puedes evitarlo —dijo.

Rownie se quitó la máscara de zorro.

—¿Por qué no? —preguntó—. Yo tuve parlamentos que debía recitar cuando actué de gigante.

—Sí que lo hiciste —dijo Tomás—. Y lo hiciste con una porción de talento no entrenado y *es por eso*.

Rownie parpadeó. No entendió nada, pero esta vez no iba a almacenar lo que no entendía.

—No debo hablar mientras lleve la máscara… ¿porque lo hago bien?

—Respuesta correcta —dijo Tomás—. Como sucede con los conjuros y hechizos, el mundo puede cambiar para adaptarse a tus palabras. Tu propia creencia se vuelve contagiosa. Se les pega a los demás. Te creíste gigante cuando hablaste como gigante, así que te convertiste en uno. El público te miró como a un gigante. Sabían que no lo eras, pero aun así lo creyeron.

—¿Parecía más alto? —preguntó Rownie.

—Todo el mundo pensó que sí —respondió Tomás—, así que no andes declamando nada mientras vayas por ahí con otra cara y mucho menos digas cosas *sobre ti*. No recites ningún parlamento a menos que Semele lo haya escrito para ti. Y recuerda, siempre recuerda que las maldiciones y los encantamientos tienen consecuencias. Te colocas en un lugar aparte del mundo cuando eres capaz de cambiar su forma.

Essa se puso sus dos máscaras, una sobre la otra.

—Se está yendo la mañana —dijo, tratando de sonar tranquila y paciente, pero sin lograrlo.

—Ésa es una gran verdad —dijo Tomás—. Enmascárense, todos y cada uno. Presten mucha atención a cualquier pista o señal sobre el paradero del joven Rowan. Después del camino del Violín, los muelles son el segundo mejor lugar de la ciudad para esconderse.

Semele le dio una última embarrada al pelo capeado de su máscara y se la puso. Tomás y Patch hicieron lo propio. De nuevo, Rownie miró el mundo a través de los ojos del zorro. Se ató las cintas sobre las orejas y en la parte de atrás de la cabeza.

—Vayan por sus distintos caminos —dijo Semele.

—¡Rómpanse la cara! —dijo Essa.

Lo dijo con tanta calidez y esperanza, que Rownie quedó convencido de haber oído mal.

Salieron de la carreta. El sol estaba alto y brillante. Ya había disuelto la mayor parte de la niebla matinal.

Nonny saludó desde el pescante de la carreta y se puso en camino. Los demás la siguieron a pie, a través del campo luminoso y de las puertas. Rownie miró a su alrededor, buscando la choza de Graba. No la vio. Tal vez la había llevado a lo alto de las colinas. Quizá no estaba en ningún lugar cercano.

La compañía se separó, moviéndose por distintas calles, distintos callejones, hacia el este y el sur. Semele tomó la mano enguantada de Rownie antes de que éste pudiera escoger su camino.

—Ten cuidado —dijo detrás de los pómulos altos y el pelo flotante de la cara de fantasma—. Si alguien quiere ponerte una mano encima, corre. Me temo que eso significaría que se han dado cuenta de que no eres un tamlin. Como regla, los noCambiados jamás tocan a los tamlines. Creen que les brotarán pecas. Te van a confundir con tamlin y eso te mantendrá a salvo, pero cuídate, aunque estés enmascarado serás vulnerable a los *cambios*.

Rownie apretó la mano de la anciana tamlin para demostrarle que no le tenía miedo a las pecas. Pero no estaba muy seguro de haber entendido lo de la vulnerabilidad al cambio.

—¿Eso es malo? —preguntó.

—Todo depende —respondió Semele. Parecía sonreír debajo de la máscara de fantasma, pero, por supuesto, Rownie no podía apostarlo.

Se dio la vuelta y se fue por su lado. Rownie escogió el suyo.

Todos los caminos a los muelles iban hacia abajo. Daban vueltas y regresaban a través de una profunda zanja, con el Lado Sur arriba y el río abajo. Algunas de estas calles eran tan empinadas y estrechas que se tenían que escalar en lugar de caminar. Los escalones habían sido tallados en la piedra o construidos con madera y amarrados sobre la pendiente.

Rownie bajó por las escaleras en la ruta que había elegido. Iba acordándose de los mandados que hacía en los muelles por órdenes de Graba. En su mayoría se trataba de recoger o llevar cosas, sin enterarse de lo que transportaba. "Recoge un paquetito con una mujer de una barcaza a la que le falta la oreja izquierda" diría. "Tráemelo, sin espiar lo que contiene dentro, y asegúrate de que la oreja que le falta es la izquierda".

Rownie y Rowan hacían juntos los mandados del muelle. Rowan casi siempre tenía una o dos monedas que se ganaba cantando en el camino del Violín o haciendo trabajitos para los transportadores de piedras cerca de Muralla Rota. Las usaba para comprar algo para desayunar —algún bocadillo grasiento de pescado o una fruta extraña de países extranjeros—, y los hermanos comían sentados en algún tramo del muelle con las piernas colgando sobre el agua y mirando pasar las barcazas.

A veces inventaban historias sobre los barcos, de dónde venían y hacia dónde iban. A veces imaginaban cómo se desarrollarían las batallas en contra de los piratas de agua dulce, río arriba y río abajo, cerca de los enormes pilares que sostenían el puente, en los muelles y en las calles retorcidas de la ciudad. Algunas veces a Rowan le alcanzaba para comprar tres pasteles de pescado y compartían el tercero. Siempre le daba el trozo más grande a su hermano menor.

Tres pichones miraron al Rownie enmascarado y con cara de zorro desde un tejado y después se alejaron a picotear semillas en un techo de paja. Rownie se preguntó si serían pichones de Graba, también si habría enviado ese mismo día a alguna larva a hacer mandados a los muelles, a recoger cabezas de pescado o paquetes extraños o a buscarlo y vigilarlo —o a Rowan—.

Rownie miró hacia atrás para ver si había larvas siguiéndolo. Vio en cambio que otras personas lo seguían.

Una pequeña multitud de curiosos había sido cautivada por su paso y parecían dispuestos a seguirlo, apartándose de su camino y de lo que estaban haciendo. Algunos eran viejos y otros eran jóvenes. Algunos llevaban ropas costosas, otros no. Lo seguían a una distancia prudente, observándolo, esperando descubrir adónde se dirigía y qué iba a hacer.

Estaba funcionando. Rownie había conseguido un público.

No todo el mundo se daba cuenta cuando Rownie pasaba a su lado, erguido y lleno de intención con su máscara puesta. Algunos seguían de largo sin distraerse por una cara de zorro; de alguna manera sus ojos no lo veían y su atención se desviaba alrededor de él. Era algo extraño, algo que en realidad no debía estar ahí; quienes no formaban parte de su público pasaban a su lado y asumían que él no estaba ahí.

Rownie caminaba a la luz del día, con una cara de zorro sobre la suya, y algunas personas no lo podían ver. Se estaba escondiendo y proclamando su presencia, todo al mismo tiempo. No tenía idea de cómo era posible que esto funcionara y no quería pensar demasiado, en caso de que dejara de funcionar, así que siguió moviéndose. Dejó que la máscara de zorro le indicara por dónde ir.

El público era más numeroso ahora. Lo sabía por el ruido que hacían, todos amontonados en la estrecha y sinuosa escalinata. Rownie miró atrás, para ver cuántos eran. Vio larvas. Vio a Stubble, a Blotches, a

Greasy, todos parte de la multitud que lo seguía. Stubble sonrió irónicamente.

Las larvas rompieron el encanto. Antes de ese momento, Rownie había sido Rownie y también un zorro y algo que no era ninguno de los dos y algo que era los dos juntos. Ahora era una sola cosa. La máscara le dificultaba la visión y tropezó con un escalón chueco. Trató de apresurarse sin caer escaleras abajo y rodar hasta los muelles, y quedar amoratado y raspado.

El público detrás de él comenzó a dispersarse; dejaron de interesarse en lo que el actor enmascarado haría o hacia dónde se dirigiría. El hechizo estaba roto. Las larvas lo habían destruido con una mirada de desprecio y una sonrisa de burla, sin siquiera esforzarse demasiado.

Para cuando Rownie llegó al mercado flotante, sólo lo seguían larvas.

# Acto segundo, escena quinta

Una celosía de metal cubría los muelles. Cada bóveda y arco de esta celosía tenía pequeños espacios para vitrales. Los paneles de vidrio mantenían la lluvia afuera y dejaban entrar la luz, a menos que el vidrio se hubiera roto, en cuyo caso dejaban entrar tanto la lluvia como la luz. Todo el lugar olía a pescado, sargazo de río y brea. El ruido bullicioso y los olores penetrantes subían desde el mercado flotante y se metían en las calles y callejones cercanos a la ribera. Rownie podía oír la algarabía, aun antes de doblar en una esquina y ver el mercado aparecer ante él. Entonces echó a correr. Las larvas lo siguieron.

Muelles estrechos, atados a barriles flotantes, se proyectaban fuera de la ribera y se internaban en el agua. A su vez, pequeñas lanchas y balsas habían sido amarradas a estos muelles, muy pegadas unas con otras, y estos espacios eran, también, puestos del mercado. El mercado flotante era un lugar más grande, más escandaloso y más desordenado que la plaza del Lado Norte. Aquí los vendedores gritaban y cantaban y salmodiaban sus ofertas:

—¡Hamacas! ¡Hamacas cómodas, tejidas con la piel del calamar más fino!

—¡Azúcar de caña y sal de mar, para hechizos y para cocinar!

Rownie se metió entre la multitud que abarrotaba los muelles río abajo. Corrió bajo la polea hacia la jaula del panadero, en la cual se estaba remojando a un pobre hornero, en castigo por vender hogazas demasiado pequeñas o demasiado grandes o demasiado rancias. Rownie obligó a sus pies a aprender cómo moverse por una superficie dispareja que se balanceaba con el río. Se agachó y se escabulló entre la gente. Nadie lo tocó u obstaculizó su camino, aunque no lo vieran bien. Esperaba perder a las larvas en el tumulto y el ruido antes de regresar a reunirse con los duendes.

La máscara de zorro le pesaba y la sentía pegada a la cara, un objeto pintado con colores brillantes que gritaba: "¡Aquí estoy! ¡Aquí! ¡Mira aquí!", pero no se la podía quitar, so pena de mostrar su noCambiada cara ante todos.

Los vendedores de fruta y pescado anunciaban sus mercancías mientras él corría por en medio de los puestos:

—¡Peces del océano! ¡Peces de río! ¡Polvo de pescado, seco y salado!

—¡Peras, membrillos! ¡Higos y limones de la ribera!

En el extremo del muelle había un modesto tenderete y una torre de barriles, debajo de un pedazo de celosía que parecía haber perdido el vidrio de las ventanas hacía mucho tiempo. El solitario vendedor de fruta exhibía unas cuantas cestas llenas de manzanas tristonas y no se molestaba siquiera en anunciarlas con gritos ni salmodias.

Miró a Rownie y volvió el rostro, indiferente.

Rownie se dio la vuelta. Las larvas todavía iban detrás de él, sin prisas. No tenían por qué apresurarse. No había adónde más correr. Podía enfrentar a las larvas o arrojarse al río —y las corrientes eran muy fuertes—. Nadie cruzaba al otro lado del río a nado.

Stubble hacía muecas burlonas al acercarse. Era una mueca normal, el tipo de expresión que hacía con frecuencia. No era la mirada de Graba. Rownie no vio a Graba en la cara de Stubble, mirando a través de los ojos del chico, usándolo como a una máscara.

Rownie *sí* traía puesta una máscara. Se irguió como un zorro, astuto y arrogante.

—No me atraparás —dijo, y al pronunciarlo supo que era cierto.

Saltó a un barril, y del barril a la barca del vendedor de pescado, donde pateó la cuerda y soltó la embarcación a la deriva. Después corrió por la cubierta y saltó al espacio abierto entre los muelles. Su abrigo se hinchó como una vela tras él. Alcanzó el barandal de otra barca y subió en ella. El río atrapó la barca del vendedor de pescado y se la llevó corriente abajo. El pescadero maldecía y remaba furiosamente con un solo remo, pero sus maldiciones sonaban torpes y era poco probable que surtieran efecto.

Las tres larvas corrieron adonde había estado la barca y se quedaron mirando el acuático espacio que los separaba de Rownie.

Rownie hizo una reverencia. Entonces se quitó la máscara y se la guardó en la camisa. Caminó con calma hacia la proa de la barca a la que había trepado. El lanchero estaba tan ocupado en vender los humeantes bocadillos de carne de pescado con el olor más apetitoso, que no hizo el menor caso cuando Rownie bajó por las cuerdas que ataban la embarcación al muelle, como si tuviera todo el derecho de andar por allí y bajar por esas cuerdas. Se metió entre la multitud y se puso a buscar el templete de los duendes.

Rownie se deslizó entre la gente. Se movía con rapidez, pero no corría. No quería parecer acelerado. La verdad, no quería parecer nada de nada.

Ésta era una parte más elegante del mercado flotante, un muelle donde la celosía de metal no había perdido ninguno de los vitrales. Aquí se reunían los que vendían cosas más frágiles, rollos de telas y mecanismos delicados —cosas que tenían que estar a salvo de los elementos—. Una barca exhibía animales extraños en jaulas de oro. Los fabricantes de jabón invitaban a los paseantes a oler sus mercancías. Un hombre alto, con ojos pálidos y hundidos, vendía chucherías talladas en hueso. Otra barca mostraba artefactos pequeños e ingeniosos que hacían hermosos movimientos etéreos e inútiles.

Rownie examinaba cada rostro que pasaba a su lado, para ver si descubría a su hermano. Prestaba especial atención a los hombres con barba en caso de que Rowan hubiera decidido pintarse o pegarse una barba falsa para ocultarse. También miró las tripulaciones en la cubierta de las embarcaciones, por si su hermano hubiera decidido alistarse en una de ellas para escapar de Zombay y del capitán de la guardia. Rownie se preguntó si su hermano se embarcaría sin él. Pensar eso le encogió el estómago y trató de desechar la idea.

En el muelle más lejano, río arriba, justo debajo del puente del camino del Violín, estaba atracada una balsa. La carreta de los duendes estaba allí, atada a la balsa.

Patch estaba de pie enfrente de la carreta, con la media máscara puesta todavía y los brazos cruzados al frente. El duende miraba a un hombre flaco y desaliñado con un anzuelo colgado del cuello como amuleto. El hombre pegaba gritos y una muchedumbre se había amontonado para atestiguar el pleito. Rownie se metió entre ellos.

—¡Éste es mi muelle! —gritaba el hombre con voz pedregosa—. ¡Yo monto mi espectáculo aquí!

Patch alzó la ceja tan alto que apareció en su frente por encima de la máscara, que tenía sus propias cejas.

—¿Espectáculo?

—¡Sí! ¡Espectáculo! —respondió el hombre, señalando a Patch con el índice, como si quisiera derribarlo con él—. ¡Un espectáculo *respetable*, sin máscaras! ¡Me puedo tragar un pez vivo a cambio de cuatro monedas y me trago a cualquier criatura con más de dos patas por cinco monedas! ¿Puedes hacer eso, duende? Apuesto a que no.

El hombre tenía una cubeta con él. Pequeñas alimañas se movían en el interior. Patch se inclinó, tomó un puñado y mostró a la gente un pequeño cangrejo, una babosa y un pececillo de los que se usan como carnada. Primero, lanzó el cangrejo al aire, luego a la babosa y luego al pez. Entonces comenzó a hacer malabares con ellos. Añadió dos cuchillos y los filos relampaguearon en la luz. Con la boca pescó al cangrejo, la babosa y el pez y se tragó a los tres, mientras atrapaba un cuchillo en cada mano.

La multitud lo vitoreó. Rownie aplaudió. El hombre desaliñado, furioso, dio un paso adelante, pero después se fijó en los cuchillos que Patch sostenía con serena indiferencia. Retrocedió, recogió su cubeta y se alejó echando pestes.

Patch hizo una reverencia. Detrás de él la pared de la carreta bajó, deslizándose, y se convirtió en la tarima del escenario. Patch hizo una pirueta hacia atrás, cayó de pie sobre la plataforma y comenzó otro acto de malabarismo mientras los otros duendes hacían su aparición. Semele y Essa trajeron su propio público que habían reunido y se escurrieron tras bambalinas por la puerta de la carreta.

Rownie se preguntaba qué debía hacer cuando Tomás apareció a su lado. El viejo duende se conducía de tal manera que podía pasar desapercibido aunque portara una máscara, aun debajo de su enorme sombrero.

—Te has desenmascarado —dijo con voz plana e inexpresiva—. También has omitido traer un público contigo.

—Atraje a las larvas —le susurró Rownie.

Tomás lo miró sin expresión, obviamente sin comprender.

—Niños de la colección de Graba —explicó Rownie—. Tal vez ella los envió.

137

Tomás hizo un ruido con la garganta, un ruido como un gruñido profundo.

—Excelente —dijo, aunque era claro que no le parecía excelente en absoluto—. Por favor, avísale a Semele una vez que hayas llegado tras bambalinas, llegada que tendrás que efectuar con suficiente disimulo. Ve allá detrás de las cajas y ponte la máscara otra vez. No la has perdido, ¿verdad? Métete debajo de la tarima. Toca tres veces en el piso de la carreta y Nonny te dejará entrar. Serás su asistente el resto de la función.

Eso sí que era decepcionante.

—¿Entonces no seré parte de la función? —preguntó Rownie.

—Ciertamente serás parte de la función. La parte que tiene lugar tras bambalinas. La verdad es que no hemos tenido tiempo de que aprendas parlamentos o siquiera que aprendas a leer. Tu aprendizaje acaba de comenzar.

—Yo ya sé leer —dijo Rownie muy bajito.

—No te agobies —continuó Tomás—, pues sé y comprendo que leer no es cualquier destreza…

—Yo ya sé leer —repitió Rownie.

—… y nadie podría pedirte que supieras cómo.

—¡Que yo ya sé leer! —gritó Rownie.

Un marinero alto, con el pelo peinado en muchas trenzas, dio un golpecito en el brazo de Rownie:

—Cierra el pico y mira la función. El duende está haciendo malabares con fuego.

—Ah, ya veo —susurró Tomás un poco sorprendido—. Excelente. Una cosa menos que enseñarte. Ahora, te ruego que dejes de gritar y ve debajo de la carreta sin que te vean.

—¿Averiguaste algo acerca de Rowan? —preguntó Rownie.

—No. Todavía no, aunque he hecho muchas indagaciones discretas a personas observadoras. Ahora sí, date prisa. La obra está a punto de comenzar —respondió Tomás.

Rownie se apresuró. Se escondió tras las cajas, se puso la máscara y se arrastró debajo de la tarima. Si alguien lo veía, pensaría que era un duende. Tal vez así era como Cambiaban los duendes. Tal vez, si bastante gente creyera que un niño cada vez más parecía un duende, quizá se convirtiera en un duende real y de verdad. Rownie se tocó las orejas bajo la máscara para ver si se habían vuelto puntiagudas. No. Sólo las orejas del zorro eran picudas.

Tocó tres veces en el piso de la carreta. Se abrió la compuerta y entró.

# Acto segundo, escena sexta

Tras bambalinas reinaba el caos, concentrado en un espacio diminuto. Nonny hacía varias cosas con cuerdas, palancas y mecanismos variados. Essa brincaba y canturreaba sola, sin razón alguna. Semele estaba sentada en una esquina con los ojos cerrados, pero parecía tensa y llena de fuerza en potencia, como un resorte apretado o una piedra en equilibrio sobre la cima de una montaña, lista para desencadenar una avalancha.

Essa descubrió a Rownie.

—¡Ya estás aquí! —dijo—. Qué bien; estamos a punto de comenzar. Patch acaba de terminar de hacer sus malabares y Tomás está afuera, recitando el prólogo para *El emperador de acero*. No sé por qué le pusimos así, el emperador no aparece sino hasta el último acto, ¿ves?, no es un buen nombre para la obra. Deberíamos ponerle otro título. A ver si se te ocurre algo, ¿no? Mientras, trata de mantenerte oculto y tira de cualquier cuerda que Nonny te diga. No es que te vaya a decir nada. Más bien, tira de la cuerda que Nonny te señale. Eh. Bien. Rómpete la cara.

—¿Por qué dices y repites eso? —trató de preguntar Rownie, pero Essa ya se había deslizado a través de la cortina y ahora lamentaba los males que atormentaban a un antiguo reino.

Rownie se quitó el sombrero y los guantes, y puso la máscara de zorro a un lado. Se acercó a Semele. Trató de que las duelas bajo sus pies no crujieran, pero de todas maneras crujieron.

—Algunos de los nietos de Graba están aquí —le dijo en un susurro—. En los muelles. Unos cuantos. No sé si estén entre el público, pero seguramente nos encontrarán.

La pálida máscara de Semele se volvió a mirarlo.

—Gracias, Rownie —dijo—. Haré que la cuarta pared sea aún más fuerte. Ciertamente es complicado hacerlo sobre el agua, pero lo haré. Sí.

Comenzó a salmodiar por lo bajo. Entonces Nonny tocó el hombro de Rownie con un pie —tenía ocupadas las dos manos con un complicado sistema de poleas y fuelles— y apuntó con los dedos a una cuerda. Rownie tiró de ella.

Detrás de él, el títere de dragón entrechocó los dientes.

Rownie soltó la cuerda, movió las manos en el aire y observó al títere de dragón para probar que no le tenía miedo. Los ojos pintados del dragón lo miraron.

A Nonny le llameaban los ojos. "Cuerda equivocada", dijo la furiosa mirada. Apuntó con más fuerza todavía. Rownie tiró de la cuerda siguiente y sintió la carreta moverse bajo sus pies. Se desplegaron paredes pintadas y aparecieron torres en ambos lados del escenario. La tarima se convirtió en una ciudad.

—Hay luna llena —dijo Essa, mirando al cielo. Era de noche en escena, aunque el sol brillara por encima. Essa lo había dicho, lo había vuelto verdad y todos le creyeron.

*El emperador de acero* era una historia de fantasmas. Rownie alcanzó a ver fragmentos de la obra por las orillas de las cortinas, mientras tiraba de las cuerdas que Nonny le señalaba.

Essa hacía de princesa y de heredero legítimo al mismo tiempo. Patch era el heredero usurpador, a menos que la princesa y el heredero legítimo necesitaran estar sobre el escenario al mismo tiempo, en cuyo caso, Patch intercambiaba máscaras con Essa.

Semele era el fantasma de la anciana reina, y hacía sus apariciones en estallidos de fuego azul y humo azuloso. Esto resultaba muy impresionante, aun tras bambalinas, donde Rownie podía ver a Semele agazapada antes de salir a escena.

Nonny preparaba el fuego y el humo ella misma. Era evidente que no le encomendaría a Rownie ninguno de los efectos con combustibles. Esto a Rownie le parecía perfecto. En lugar de eso, manejaba los fuelles de la caja de música. Tocaba notas tristes y penetrantes para las entradas fantasmagóricas de Semele, después de los estallidos del fuego color cobalto y el humo azulino.

Rownie escuchaba respiraciones entrecortadas de miedo y sorpresa, como si en verdad fuera medianoche y no mediodía, con el sol resplandeciendo alegremente; como si Semele fuera un fantasma con la melena agitada por el viento entre los mundos y no una máscara untada con clara de huevo que le erizaba el pelo en todas direcciones. La aguda y autoritaria voz de Semele, combinada con la música y el humo, cambiaba la forma de las cosas.

De pronto, todo salió mal.

Primero, la caja de música se descompuso ruidosamente. Se suponía que debía dar una nota triste y larga, pero graznó como un pavo real cayendo de un muro. No sonó fantasmal o misterioso. No sonó como el viento entre los mundos.

Nonny miró a Rownie con enojo. Rownie se encogió de hombros. Él no había hecho nada. O al menos eso pensaba. Nonny apartó la pobre máquina y la función siguió adelante.

Transformaron la escenografía, de las torres de una ciudad al mar abierto. El mar era una sábana gris y vaporosa. Nonny y Rownie la sujetaban, cada uno por un extremo y la sacudían para hacer las olas.

Entonces las olas se incendiaron.

Uno de los cohetes azules se prendió repentinamente por sí solo. Las chispas cayeron sobre la sábana vaporosa y ésta ardió como un papel. Tanto Rownie como Nonny la soltaron.

Essa le quitó la espada del heredero usurpador a Patch, atravesó la sábana con ella y arrojó el trapo ardiente al río.

Entonces llegaron los pichones.

Bajaron pájaros en picada de todos lados, atraparon la sábana incendiada y la mantuvieron en el aire. El fuego se extendió y cambió de azul a un anaranjado furioso. Atrapó a los mismos pájaros y sus plumas ardieron con lumbre grasienta. Aun así agitaron las alas y volaron sobre el público, con la sábana en llamas entre ellos.

Los pichones chillaron, murieron y se desplomaron. La sábana se hizo pedazos y cayó. El fuego descendió sobre el público y sobre los puestos de las barcas cercanas del mercado flotante. La gente gritaba y se empujaba. Algunos se lanzaron al agua, en su intento por alejarse de las cosas que ardían. El toldo de una barca se incendió.

Un pichón aterrizó en el escenario y se quedó ahí, quemándose como un carbón. Essa lo arrojó lejos con la espada. El pájaro muerto chisporroteó cuando cayó en el agua.

Tomás se quitó la máscara y miró tristemente hacia donde había estado el público.

—La función ha terminado, creo yo —dijo al resto de los integrantes de la compañía—. Más vale levar anclas antes de que esta multitud se organice para lincharnos y ahogarnos.

Semele entró al pequeño espacio tras bambalinas.

—Nonny, llévanos río arriba.

Patch y Essa desataron las sogas que sujetaban la carreta-balsa al muelle. Nonny anudó apresuradamente alambres y resortes, le introdujo cuatro remos y fijó el armatoste a la parte trasera de la embarcación. Los remos comenzaron a girar e impulsaron la balsa río arriba y lejos del muelle. Pasaron debajo del camino del Violín y del lugar donde Rownie arrojaba guijarros, donde Rowan le había enseñado a saludar a su madre en el lenguaje de los guijarros. Metió la mano en el único bolsillo de su abrigo y sintió el guijarro que le había dado Semele en el campo luminoso, el que representaba un saludo de Rowan. Pensó en lanzarlo por la borda, para saludar a la madre de la cual no se acordaba, pero decidió dejarlo en el bolsillo.

Los gritos y el escándalo del mercado flotante quedaron atrás. Rownie vio a Stubble de pie en el muelle, apartado de la multitud. Vass estaba con él.

—Esto pasó por mí —dijo—. Maldijeron la función por mi culpa.

Semele se colocó a su lado.

—Esto pasó por los dos —dijo con una voz que seguramente quiso que sonara consoladora—. Estas maldiciones fueron formuladas especialmente para ti y para mí.

# Acto segundo,
## escena séptima

La balsa-carreta navegó estrepitosamente río arriba. Rownie, sentado sobre la orilla del techo, dejó que los pies le colgaran sobre la borda y miró pasar el río. La ciudad ya se había perdido de vista. El puente del camino del Violín desapareció detrás de una curva. Rownie no podía recordar otro lugar en el mundo que no fuera Zombay y ahora ya no podía verla.

Nonny estaba en la popa y conducía la embarcación empujando su mecanismo de remos con una pértiga.

Patch y Essa se sentaron junto a Rownie y arrojaron cuerdas de pescar al agua. No pescaban nada pues los remos de Nonny espantaban a los peces.

Semele estaba sentada al frente, sobre el pescante. Tomás estaba con ella, invisible bajo su enorme sombrero. Rownie no creía que el viejo duende pudiera ver nada que no fuera la parte interna del sombrero, pero en ese momento el duende apuntó con su bastón y gritó instrucciones:

—¡Rocas más adelante! ¡Nonny, sé tan gentil de mover nuestra nave a babor! Si no, chocaremos, naufragaremos y le devolveremos al río su propia cara en el acuático fondo de su hogar. Y entonces, nada podrá evitar que las inundaciones arranquen de sus cimientos a Zombay, cosa que, en este momento, no me importaría demasiado, así que, bueno, si eso quieres, llévanos hacia las rocas.

Nonny esquivó las rocas.

—¿De qué habla? —susurró Rownie.

—Viene la creciente —respondió Essa—. Quiero decir que la creciente siempre está por llegar, pero sucede que está llegando de forma rápida e inmediata. Escucha. Apuesto a que oyes algo.

Rownie se puso a escuchar al río. Lo había oído cada día de su vida, debajo y alrededor de cualquier otro sonido. Conocía su voz, y su timbre había cambiado. Ahora hablaba gravemente y con enojo mientras el agua fluía.

—¿Lo ves? —dijo Essa—. Te diste cuenta.

—A lo mejor así suena siempre cuando uno está río arriba —dijo Rownie.

—Para nada —dijo Essa—. Así es como suena antes de que una inundación baje aullando por el desfiladero. Quizá debimos haberle advertido a más personas en los muelles. Pero no tuvimos mucho tiempo, porque nuestra función explotó. Sin embargo, quería advertirle a algunos lancheros que debían enviar su carga y sus tripulaciones a tierra y luego al monte. Incluso un poco de inundación puede hacer mucho daño en los muelles, y me temo que lo que nos espera es mucho más que un poco.

—Ya les avisé a los capitanes, a los que sí prestan atención a las advertencias tamlines —dijo Semele desde el pescante—. Ellos difundirán la información. Y tal vez podamos hablar en nombre de la ciudad, y así salvar a Zombay de ahogarse.

—En el momento presente, no me arriesgaría a apostar por nuestro triunfo —dijo Tomás desde el interior de su sombrero—. Hay más rocas adelante, Nonny. Si quieres, estréllate contra ellas. Si no, te recomiendo que te muevas hacia estribor.

Nonny dirigió la nave a estribor.

Muy poco de esa conversación tenía sentido para Rownie, pero por una vez no preguntó nada. Se sentía rodeado de melancolía y deseó tener él también un enorme sombrero negro en el cual meterse y bajarlo hasta que le tapara la cara.

Graba había maldecido a la compañía y todo lo que hicieran. Las larvas los seguirían adonde fueran. Pájaros incendiados volarían chillando sobre ellos hasta que el escenario y la carreta se quemaran también con todos ellos adentro. A menos que el río se alzara en una inundación antes de que Graba pudiera achicharrarlos. Pasarían cosas malas. De agua o de fuego, o de las dos.

Semele señaló un lugar en el lado sur de las paredes del desfiladero.

—Allí es. Ése es el lugar al que deberíamos dirigirnos. Sí.

Nonny condujo la balsa-carreta hacia donde Semele señaló. Arrojó un gancho, lo trabó en las raíces de unos árboles ribereños y ató la balsa a la orilla. Después detuvo su artefacto remador y se metió dentro de la carreta. La balsa flotó en el río, detenida por la cuerda.

Rownie miró a su alrededor. El lugar no tenía nada de especial.

—¿Por qué aquí? —preguntó.

—Éste es nuestro sitio para trepar —dijo Essa—. Necesitamos llegar al nivel del camino, para viajar de nuevo hacia la ciudad.

Rownie miró hacia arriba. Las paredes del desfiladero se veían empinadas y muy altas. No parecía posible escalar por ahí.

—¿Vamos a subir por aquí?

—No, no, no —dijo Essa—. Definitivamente no. Nonny subirá y dejará caer una cuerda para subir la carreta con una grúa y poleas.

Lo dijo como si fuera la cosa más fácil del mundo.

—La grúa y las poleas ya están allá arriba —continuó—. Los contrabandistas las usan para introducir cosas en Zombay sin pasar por las aduanas de los muelles, pero no las han utilizado mucho en los últimos tiempos. Por lo menos eso creo. Espero que ahora mismo no haya contrabandistas tratando de usarlas.

Nonny salió por una compuerta en el techo de la carreta. Traía varias herramientas colgadas del cinturón. Sin decir adiós, ni nada, caminó sobre la cuerda que unía la balsa a la orilla y comenzó a trepar.

—No tardará demasiado —dijo Essa.

El sedal de su caña de pescar se tensó y Essa saltó arriba y abajo.

—¡Ey! ¡He conseguido algo! ¡Cena fresca para todos! ¡Comida fresca!

Tiró y subió a la balsa una masa de algas enredadas. Cayeron sobre la cubierta con un ¡plaf!

—Ejem —dijo—. No se preocupen. Podemos hacer un delicioso caldo fluvial. Me imagino. Lo malo es que la única vez que un caldo de ésos ha estado sabroso fue cuando no le pusimos algas, así que lo mejor será que las tire de nuevo al río.

Nadie dijo nada.

Essa bajó al borde de la balsa y le dio una patada al montón de algas, devolviéndolas al agua. El nudo verdoso se hundió y se perdió de vista.

—Recuerdo que de niña pedía deseos cuando atrapaba peces de río, pero no recuerdo qué deseos. Y era, yo creo, tan pequeña como ahora. Nosotros no crecemos mucho, aunque lleguemos a los mil años.

—¿Suelen llegar a los mil años? —preguntó Rownie.

—No —dijo Essa—. Siempre sucede que alguien nos acusa de robar chicos, o lo que sea, y eso suele pasar antes de que nadie cumpla mil años. Y viene la gente con sus antorchas. Semele es la única que conozco que se acerca a esa edad.

—Ah —dijo Rownie.

Miró hacia arriba. No podía decir si Nonny ya había llegado a la cima. Entonces, dos puntas de cuerda cayeron y golpearon contra el techo de la carreta, así que dedujo que Nonny las había arrojado. Patch y Essa ataron los cables alrededor de los ejes de las ruedas y desataron los nudos que fijaban la carreta a la balsa. Essa silbó aguda y largamente. Las cuerdas se tensaron. La carreta se elevó, suspendida en el aire. Adentro, algo se deslizó y se oyó un estruendo.

—Trataré de preservar nuestras propiedades —dijo Tomás desde dentro del sombrero negro—. Essa, un poco de ayuda será enormemente valorada.

Abrió una compuerta y se metió en la carreta. Essa lo siguió.

—Yo iré con ellos —dijo Semele—. Ustedes dos, tengan cuidado.

Rownie y Patch miraron cómo la balsa y el río se alejaban cada vez más.

—¿Vamos a abandonar la balsa así sin más? —preguntó Rownie.

—Nonny construirá otra para la próxima —dijo Patch. Abandonó la pesca y comenzó a usar la caña de pescar para alejar la carreta cuando ésta se acercaba peligrosamente a las paredes de piedra.

La tarde se acabó y se convirtió en crepúsculo. El sol se ponía. Los colores del día que terminaba rebotaban sobre la superficie del río. La superficie del agua se veía muy lejos ahora, pero la cima no parecía tan cercana.

Rownie miró a Patch con el rabillo del ojo. Había algo que quería preguntarle, pero pensó que podría ser una pregunta ruda y no sabía qué palabras usar. Finalmente sólo preguntó:

—¿Cómo fue que Cambiaste?

Patch no contestó. Siguió alejando la carreta de la pared de piedra con su caña de pescar. Rownie esperó. Esperó tanto tiempo que creyó que Patch no le contestaría nunca.

—Tenía hermanos —contestó finalmente—. Muchos. Más de los que ninguna familia necesita. Algunos se fueron de soldados. Otro se fue a estudiar. Todavía éramos demasiados. Yo era el más pequeño, así que una noche mi padre me llevó a las carretas para Cambiar. Después me puso en el granero. Es de buena suerte tener algo Cambiado en el granero. Un guardián. Algo que mantenga lejos a los otros monstruos. Me quedé mucho tiempo allí y mantuve a las ovejas a salvo.

—¿Cuánto tiempo? —preguntó Rownie.

—No recuerdo —dijo Patch—. Los años se me confunden. Me fui después. Me uní a un espectáculo. No era un espectáculo muy bueno. Hacía el baile de la zarigüeya. Te metes una docena de zarigüeyas furiosas en los pantalones y brincas mientras ellas pelean. Las multitudes adoran ese baile. Usaba pantalones de cuero grueso debajo de la ropa para que me quedara algo de piel en las piernas. De todas maneras era muy incómodo. Alguna zarigüeya moría, siempre. Y era todo lo que me daban de comer después. Los espectáculos de Semele son mejores. Y la compañía. Y la comida.

Rownie asintió. Se alegraba de no tener que hacer el baile de la zarigüeya para conseguir su comida, aunque sabía que cenar zarigüeya a diario era mejor que no cenar y el sustento no era abundante en casa de Graba. Las comidas con la compañía de duendes eran mucho mejores.

Escuchó la voz de Graba en su cabeza y su memoria: "¿Comiste lo que te dieron? ¿Bebiste lo que te ofrecieron?".

Se tocó las orejas para comprobar si se le habían vuelto puntiagudas.

—¿Cómo fue el Cambio? —preguntó, con ganas de conocer detalles. Quería saber si él era material para el Cambio. Quería saber si sería algo bueno o algo malo—. ¿Fue por comer comida encantada?

Patch negó con la cabeza.

—No me acuerdo. Pasó hace mucho tiempo. Lo siento.

El sol se ocultó. El cielo se puso oscuro y turbio. Ahora sí que la cima se veía más cerca y la vista desde donde estaban era tan amplia como la vista desde el camino del Violín.

Algo se movió encima de la cabeza de Rownie y escuchó a los pichones. Sintió las plumas de las puntas de sus alas en la cara cuando un pichón se lanzó entre Patch y él. Dio una vuelta alrededor de ellos y se volvió a lanzar. Patch le dio con la caña de pescar. El pichón graznó con indignación. Muchos otros se unieron a sus graznidos y el aire se convirtió en una masa móvil de alas y garras afiladas.

"Al menos ninguno de ellos está ardiendo", pensó Rownie mientras se agachaba para esquivar a un pichón que iba en picada. Trató de abrir la compuerta para buscar refugio dentro de la carreta. Con una brusca maniobra, tres pichones se lanzaron contra el rostro de Patch y lo tiraron de la carreta. Cayó, abajo y más abajo. Rownie se arrastró a mirar por la orilla. Vio el chapoteo a lo lejos. Eso fue todo lo que vio.

# Acto segundo, escena octava

Nonny estaba en la cima, blandiendo una honda. Disparó y disparó hasta que no quedó un solo pichón. Entonces, la polea terminó su labor y la grúa depositó la carreta en el suelo. Una vez que desataron la carreta, Nonny metió un pie en la soga y se balanceó de regreso sobre el río, desde el borde del despeñadero.

—Encuéntralo —dijo Semele—. Toma la balsa que dejamos. Nos veremos en casa. Sí.

Nonny asintió. Probó la cuerda y se dejó caer.

—Patch estará bien, ¿verdad? —preguntó Rownie.

—Patch no sabe nadar —dijo Essa. No dijo nada después.

Rownie recordó la imagen de Patch cayendo. Rownie lo miró caer y luego miró de nuevo y sintió como si cayera con él.

En silencio, la compañía desplegó a la mula mecánica y se pusieron en marcha por la vereda de la ribera. Rownie se calzó los guantes y se puso el sombrero para ocultar al mundo lo poco Cambiado que estaba.

No llegaron muy lejos.

En una encrucijada, bajo la larga sombra de una casa señorial y un puñado de chozas, un árbol derribado cerraba el camino a Zombay. Unos niños jugaban en círculo cerca del árbol, cantando *"¡Tamlin, calderero, mendigo y ratero!"* todos juntos y todos a una voz, y aquel que hacía de ratero tenía que perseguir al que lo había nombrado dando vueltas alrededor del círculo antes de que éste se cerrara.

Rownie conocía el juego. Lo había jugado antes. Había corrido alrededor del círculo mientras las larvas cantaban *"¡Lanza maldiciones, lanza encantamientos, Cambiado y ratero! ¡Cara falsa, zorro falso, cara de reloj, artero!"*.

Los niños dejaron de cantar y miraron la carreta.

Rownie iba sentado en el pescante, entre Tomás y Essa. Se asomó debajo del ala de su pequeño sombrero y pasó revista a las caras de los niños para cerciorarse de que ninguno de ellos fuera una larva. No lo eran. No podía haber larvas tan lejos de la ciudad.

—¿Podemos dar un rodeo? —preguntó Essa.

—No —dijo Tomás—. No podemos rodearlo porque el camino que cruza no lleva a ningún lugar importante en ambas direcciones.

El viejo duende bajó del pescante y agitó furiosamente su bastón ante el árbol caído.

—¿Por qué nadie en esta aldea ha quitado este obstáculo? ¿Por qué nadie se ocupa de esto ahora? Es una falta de respeto a los viajeros el esperar hasta la mañana para hacerlo.

El mayor y más alto de los niños se acercó.

—Esto es un pueblo —dijo—, no una aldea.

Lo dijo con orgullo y desprecio.

—Ay, ay ay —susurró Essa.

—¿Cómo te llamas, niño? —preguntó Tomás plantando su bastón firmemente en el suelo e inclinándose hacia delante.

—Jansin —respondió el niño. Lo dijo como si Tomás debiera saberlo, como si todos y cada uno debieran saber quién era.

—Esto no es un pueblo, joven Jansin —dijo Tomás—. Es una encrucijada con una casa lujosa cerca y es un elogio que la llame aldea. Y por cierto, ustedes no tendrían que estar jugando y armando escándalo en una encrucijada. Pueden perturbar las sepulturas de innumerables villanos y bandidos enterrados aquí para que jamás encuentren el camino de regreso a sus hogares y se pongan a espantar a la gente. Es poco sensato ser irrespetuoso con los muertos… y con los viajeros que van muy lejos. Por favor, ve por ayuda para mover este árbol.

Jansin cruzó los brazos. No se movió un centímetro. Los otros niños se reunieron a su alrededor.

—¿Para qué molestarnos por los muertos de la encrucijada si eran todos criminales? —preguntó—. ¿Por qué preocuparnos por los viajeros si sólo son duendes?

—Esto anda mal —susurró Essa—. Rownie, prepárate para hacer algo. No sé qué, pero algo. Quizá pescar a Tomás y arrojarlo a la parte de atrás, así nos iremos tan rápido como podamos hacia donde sea.

Tomás se irguió hasta alcanzar el total de su estatura. La tapa de su sombrero apenas llegaba al hombro del niño.

—Anda, ve y despierta a los muertos que están debajo de ti, si eso es lo que quieres hacer, pero no discutas más conmigo. Mis compañeros y yo estamos cansados y tristes.

Jansin marchó hasta la carreta y golpeó el costado con la mano.

—Ustedes tienen máscaras pintadas aquí —dijo—. Así que son duendes actores. Hagan una función para nosotros.

Los niños más pequeños corearon:

—¡Una función! ¡Una función!

—No lo haremos —respondió Tomás—. Estamos cansados y esta noche todavía nos queda mucho por recorrer.

El niño arrojó una moneda al suelo. Era una moneda grande que parecía de plata.

Tomás se detuvo ante la plata, pero no la recogió.

—¿Eres el hijo de un mercader? —preguntó—. No. No has de ser. Nadie de una casa de comerciantes tiraría el dinero tan descuidadamente.

—Mi familia posee los talleres de carbón más grandes de la ciudad —dijo Jansin. Lo dijo retadoramente, como esperando que alguien se atreviera a decirle que hacer carbón era un negocio sucio.

—Ah —dijo Tomás—, un comprador y vendedor de corazones. Alguien que cree, por lo tanto, que cualquier corazón puede ser comprado o vendido. Pues, niño carbonero, nosotros sí actuamos a cambio de dinero, casi de cualquier dinero, pero no aceptamos el tuyo.

Con la punta del bastón arrojó lejos la moneda, que rodó, vibrando, hasta los pies de Jansin. El niño la recogió del suelo, colorado y furioso. La arrojó con fuerza y la moneda derribó el sombrero de Tomás.

—Esto está mal —dijo Essa—, está muy requetemal.

Apretó las riendas.

—Me pregunto si Horacio podrá saltar sobre aquel árbol. Nunca ha saltado, pero podríamos intentarlo.

Rownie se bajó de la carreta por el lado opuesto sin que lo vieran. Se quitó el sombrero y los guantes y dio la vuelta alrededor del círculo de niños. Su atención estaba en otra parte. Nadie lo vio en la luz del atardecer. Nadie se fijó en Rownie, de pie detrás de todos ellos. Nadie vio que era un desconocido.

Mientras tanto, Tomás recogió su enorme sombrero, lo desempolvó cuidadosamente y se lo encasquetó de nuevo. Entonces desenvainó una delgada espada que estaba contenida en el bastón y la blandió de manera que la punta de la espada casi tocaba la punta de la nariz de Jansin.

—Tú me ofrecerás una disculpa —dijo. Su voz sonó calmada, tersa, fría.

Jansin lo miró con rabia, obviamente asustado, pero era claro que estaba poco dispuesto a dar un paso atrás. El viejo duende sostuvo su espada con mano firme. Todos esperaron a ver lo que sucedería.

Entonces, con un ¡bang! y un chasquido, una pequeña compuerta se abrió en el costado de la carreta. Brillaron lámparas de aceite alrededor. Una de las cajas de música comenzó a tocar en el interior y la melodía llegó hasta ellos.

Un intrincado títere de madera vestido con ropajes de caballero apareció por la compuerta.

—¡Bienvenidos! ¡Bienvenidos todos y cada uno! ¡La diversión vespertina está por comenzar! —dijo el títere con una voz que era, casi, como la de Semele.

La multitud de niños se acercó al escenario.

Tomás enfundó la espada y se apartó con un farfullo y un gruñido.

—Desata la mula, Essa. Ayúdame a amarrarla al árbol. Más vale que esta bestia metálica tenga la fuerza suficiente para moverlo —dijo.

Jansin sonrió con pedantería. Había exigido una función de los duendes y se había salido con la suya. Rownie buscó la moneda de plata. No lo pudo evitar, nunca antes había visto plata. No la halló. Seguramente los niños más pequeños la habían recogido ya. Rownie dejó de buscar y se movió entre la multitud hasta quedar cerca de Jansin. Quizá ese niño todavía sintiera ganas de pelear, y si buscaba pleito los demás pelearían con él. La función comenzó.

—¡Espero que se jueguen la vida! —gritó una niña, saltando de emoción.

Una marioneta de dama elegante se adueñó del escenario. La voz de Semele cantó una historia desde atrás.

Rownie trató de atender al espectáculo de marionetas y a Jansin al mismo tiempo. No era fácil, y lo distraían otras funciones en su cabeza y en su memoria. Rowan hacía títeres de sombras contra la pared de la choza de Graba, cuando todavía vivía allí. Podía hacer sombras de barcos navegando y animales, caballos y cabras y topos inquietos. Podía hacer siluetas de personas con sombreros de copa y vestidos largos. Incluso las larvas más groseras y ruidosas se sentaban a mirar y escuchar. Rownie siempre sostenía la vela —algo peligroso de hacer sobre el suelo cubierto de paja, pero era cuidadoso—. Su títere de sombras favorito era el pájaro, porque era el único que lograba hacer, con los pulgares enganchados y los dedos formando las alas. Rowan había prometido enseñarle cómo retorcer las manos para formar otras figuras, pero todavía no lo había hecho.

Los niños del público se rieron por algo que había sucedido en el pequeño escenario. Rownie meneó la cabeza para sacudirse las sombras y prestar más atención.

La voz de Semele cantaba una historia acerca de la dama marioneta, que vivía sola con un espejo embrujado. El espejo del escenario no era un espejo en realidad. Era sólo un marco con otro títere detrás. La dama se miraba y el títere del otro lado del marco repetía los movimientos en espejo, el tiempo que la dama estuviera mirando, y después saludaba a los niños cuando ella miraba hacia otro lado.

El embrujo del espejo mostraba a la dama un reflejo joven e infantil temprano por la mañana y un reflejo anciano al atardecer. La dama aprendió cómo sacar del espejo su propio reflejo matutino y dejarlo en el suelo. Lo hizo varias veces, mañana tras mañana, hasta que muchas niñas marionetas se movían bulliciosamente alrededor de ella en el escenario.

Rownie se preguntaba cómo era posible que Semele manipulara a todas al mismo tiempo. Era la úni-

ca en la carreta, así que tenía que ser la única titi-
ritera, pero cada títere se movía como si lo dirigiera
una mano animada. Era fácil creer que estaban vivos,
aunque Rownie podía ver que eran cosas fabricadas
de madera y tela, talladas y pintadas.

En la historia, la dama mantenía a todas las niñas
del espejo como esclavas y sirvientas:

*Sólo se tenía a sí misma,*
*pero ella reunía*
*muchas versiones de su infancia*
*como compañía.*

*Eran ellas quienes barrían*
*y la casa limpiaban,*
*los libros sacudían*
*y la dama mandaba.*

*Las tomaba de mañana*
*cuando eran niñas apenas,*
*las esclavizaba con maña*
*y ellas obedecían… hasta que la dama,*
*con saña,*
*carbón hacía…*

Todos los títeres pequeños abandonaron el escenario.
La dama se quedó sola y puso sus manos de madera

debajo de su barbilla de madera. Se veía muy severa, sobre todo por la forma en que sus cejas angulosas estaban pintadas. Se estremeció un poco y sus pequeños brazos se ciñeron sobre su figura de títere. Las ventanas de su habitación se oscurecieron. La lluvia tamborileó contra la pared del diminuto escenario. Una de las versiones infantiles entró con una escoba y la dama se inclinó sobre ella.

Lo que siguió fue un poco difícil de soportar. La dama extendió el brazo y sacó una cosa roja del pecho de su versión más joven. El pequeño títere cayó al suelo. No hubo sangre de utilería ni efectos especiales horripilantes, pero Rownie se sintió incómodo. Cambió su peso de un pie al otro. Algunos de los niños más miedosos gritaron.

La dama puso el corazón en la chimenea, donde comenzó a brillar cálidamente. Se frotó las manos, disfrutando el calor; luego puso un solo engranaje dentro del pecho de la marioneta niña. Ésta se levantó de nuevo, muy derecha, y se dedicó a barrer la orilla del escenario.

Eso era monstruoso. Todo el mundo sabía lo que era el carbón, de dónde venía y para qué se usaba. Todo el mundo sabía que los autómatas necesitaban un pedazo de carbón dentro de sus tripas de metal para moverse —o, en el caso de Horacio, varios pedacitos de carbón de corazón de pescado—. Era terrible.

Calentar la casa en un día lluvioso con carbón, cuando un leño de madera lo haría igual, era algo monstruoso.

Rownie se dio cuenta de que Jansin no gritó ni dijo nada ni se apartó. En lugar de eso, se irguió aún más y apretó los puños unas cuantas veces.

*Una pequeña esclavita*
*vio que la dama tomaba*
*el corazón de la niñita*
*y como carbón lo quemaba.*

*Tuvo miedo y al espejo se asomó.*
*El alto espejo embrujado*
*un regalo concedió:*
*otra niñita ha fabricado.*

La pequeña títere metió la mano en el espejo y sacó una gemela idéntica.

*El día apenas comenzaba*
*y las esclavitas también.*
*Un ejército se formaba*
*para defenderlas y hacer bien.*

*Las manitas sacaban*
*una niñita y otra más,*

*y las esclavitas cantaban*
*"No nos harás daño jamás".*

Salían más y más marionetas. La dama regresó con varias esclavas tras ella. Se inició la batalla. Volaban títeres por todas partes. Cuando la pelea terminó, sólo quedaban la dama y dos esclavitas rebeldes. Una de las niñas aferró los brazos de la dama por la espalda. La otra metió la mano en el pecho de la dama títere y le sacó el corazón. Lo arrojaron a la chimenea, donde ardió en una llamarada que se apagó rápidamente. Las otras luces que brillaban en el escenario se extinguieron también.

Con el rabillo del ojo, Rownie vio que Essa y Tomás regresaban calladamente con la mula para engancharla a la carreta. El árbol caído había sido apartado del camino. La vía estaba libre. La canción de Semele llegó al final:

*Traten bien a los niños que eran*
*o se levantarán contra ustedes*
*y su corazón será derrotado.*

*Así que buenas noches a todos,*
*el telón debe caer,*
*nosotros ya nos vamos,*
*no nos volveremos a ver.*

Se hizo un silencio. Después, la pequeña multitud comenzó a vitorearlos.

—¡Se jugaron la vida! ¡Se jugaron la vida! —gritó la más pequeña, saltando y aplaudiendo.

Jansin no aclamó ni aplaudió.

—Mi familia toma corazones —dijo. No gritó, pero su voz se escuchó por todo el lugar y apagó los aplausos a su alrededor—. Tomamos corazones de traidores y criminales y gente que se lo merece y los convertimos en carbón. Deberíamos arrancarles sus corazones de duendes pero probablemente ni siquiera se quemarían.

Jansin dio un paso, pero Rownie lo pateó con fuerza atrás de la rodilla. "Nadie merece que lo hagan carbón", pensó, pero no quiso decirlo en voz alta.

Jansin cayó al suelo. Rownie echó a correr. Con empujones apartó de su camino a los niños que le estorbaban y, al llegar al pescante, se aferró a la mano que Essa le ofrecía. Essa lo alzó. El escenario de los títeres se cerró con un chasquido. Tomás hizo restallar las riendas y la mula se lanzó al galope.

Su antes atento público gritó y tiró piedras, pero pronto el ruido furioso y salvaje enmudeció tras ellos. Después, lo único que Rownie escuchó fue el cascabeleo de la carreta y el golpear de los cascos de Horacio contra las piedras del camino, y no vio más que los árboles que quedaban atrás.

# Acto segundo,
## escena novena

Semele salió por una compuerta en el frente de la carreta. La compañía entera se acomodó en el pescante.

—Vamos más despacio, sí —dijo—. Ya estamos lo suficientemente lejos, está oscureciendo y es peligroso andar tan rápido. Yo conduciré, sí, eso creo.

Tomás le pasó las riendas, pero no sin protestar.

—Apenas puedes ver —dijo—. Ni siquiera traes puestas las gafas. ¿No será peor que tú conduzcas?

—Éste es un camino muy antiguo —respondió Semele sin preocuparse— y puedo recorrerlo de memoria.

Hizo que la mula aminorara el paso y la guió para tomar una curva.

—Hagan el favor de avisarme si aparecen obstáculos nuevos y poco usuales —concluyó.

Tomás se bajó el sombrero hasta que le cubrió la cara.

—Debiste permitir que le hiciera una cortadita de advertencia a ese mequetrefe insolente. Hubiera sido superficial.

Essa hizo ruidos de disgusto y frustración.

—Seguro. Claro. Una idea magnífica. Derrama unas gotas de sangre de un niño rico, en una encrucijada, de noche. Desata ese rumor y en poco tiempo, es más, cuando estemos de vuelta en la ciudad, todo el mundo pensará que asesinamos niños inocentes para levantar un ejército de muertos con el fin de conquistar Zombay. La gente ya cree que somos robachicos. De verdad debemos evitar *atacar* a los niños. Aunque se lo merezcan.

—*Somos* robachicos —dijo Tomás desde debajo del sombrero.

—Pero sólo lo hacemos cuando hay razones excelentes —dijo Semele—. Y nosotros somos los niños que robamos.

—Y, la verdad, no me importa —dijo Rownie.

—Ya que compartimos estas recriminaciones —continuó Tomás—, quizá no fue la mejor de las ideas confrontar a ese carbonero buscapleitos con una historia personal acerca de cómo hacen el carbón y de lo despreciable que es ese método.

—Sosiégate —dijo Semele—. Lo más útil que podrían estar haciendo ustedes es la cena. Hace horas que comimos. Que Rownie se quede conmigo y vigile si hay más árboles.

—Perdí mi sombrero —admitió Rownie—, así que lo mejor será que me meta.

—No te preocupes —dijo Semele—, no hay nadie en el camino. Además, está oscuro y sospecho que habrá niebla esta noche. Se necesitarían unos ojos verdaderamente excepcionales para hallar, en medio de todo esto, a un noCambiado en compañía de tamlines.

Essa y Tomás se metieron, refunfuñando. Rownie podía oír más gruñidos dentro de la carreta, aunque no alcanzaba a entender qué decían.

Se puso a vigilar el camino, un largo y sinuoso sendero de tierra flanqueado por árboles con ramas y raíces torcidas. La niebla subió y cubrió poco a poco el terreno hasta que el mundo entero se convirtió en una trama de niebla, en la que sólo la carreta era sólida y verdadera. Rownie no podía ver con la claridad suficiente para distinguir árboles caídos o cualquier otro obstáculo, así que cruzó los dedos de los pies y deseó que no hubiera ninguno. De todas formas, Semele se las arreglaba para avanzar sin problemas.

—Eso fue pensar rápido y actuar en consecuencia —dijo ella—. Te vi desde los agujeros que hay detrás del escenario de los títeres.

—Solamente le di una patada. Eso fue todo —respondió Rownie.

—No fue todo. Te situaste en donde fuiste necesario, tuviste la astucia necesaria. Estuviste más que bien.

Rownie disfrutó la alabanza. No estaba acostumbrado a que nadie aprobara lo que hacía, y no estaba seguro de cómo reaccionar. Sintió la cara caliente en el aire neblinoso. Pero no pudo saborear ese calorcito mucho tiempo. En su mente vio caer de nuevo a Patch y sintió que él caía también. Abrió los ojos y miró la niebla. Algo, en un rincón de su mente, lo inquietaba.

—Graba tiene muchos pájaros —dijo—. Por toda la ciudad y también afuera de la ciudad. Llevábamos un buen trecho recorrido por encima del río cuando sus pájaros nos atacaron.

—Sí —dijo Semele—. No todos los pichones son suyos, ni siquiera en Zombay, pero sí es dueña de un montón de ellos.

—También anda buscando a Rowan —dijo Rownie—. Siempre estaba preguntando por él, desde antes.

—Sí que lo haría —respondió Semele.

—Entonces, ¿cómo es que no lo ha encontrado? Siempre nos está encontrando a nosotros. Sigue enviando a sus pichones. Seguro que lo está buscando y los pichones andan por todas partes, pero Rowan se fue hace meses. ¿Por qué no lo ha encontrado?

—No lo sé —respondió Semele con suavidad.

—A lo mejor ya no está en ninguna parte —dijo Rownie.

No quería decirlo. Sentía que si lo decía en voz alta se podía convertir en algo verdadero. Tal vez, si lo callaba, podía evitar que pasara, pero ya no podía callárselo.

—A lo mejor Rowan ya se fue de la ciudad sin mí, o a lo mejor está muerto.

—Creo que él no ha muerto. Me gustaría saber dónde está y poder decírtelo. No lo sé, pero pienso que está vivo —dijo Semele.

—¿Cómo puedes decir eso? —preguntó Rownie, todavía sin dejar que lo consolaran.

Semele se quedó pensando antes de responder.

—Tu abuela adoptiva es muy buena para encontrar cosas. También para saber cuándo no hay necesidad de buscar. Si todavía está buscando, es porque puede ser hallado.

Condujo la carreta por otra curva. Rownie miró la niebla al frente con menos ansiedad, pues confiaba en que Semele conocía el camino.

Pensó en Rowan, escondido en la niebla, en algún lugar en donde ni los pichones de Graba lo pudieran localizar.

Rowan tenía la costumbre de desaparecer durante días. A veces formaba una nueva compañía e intentaba ensayar, pero eso rara vez funcionaba. "Le temen demasiado a las máscaras para ponerse alguna", le confió una vez mientras lanzaba algunos saludos por un lado del camino del Violín. "Están dispuestos a hacer lecturas de obras de teatro en voz alta, muy tarde por la noche con las ventanas cerradas y las cortinas corridas y alguien tocando el violín en el cuarto de al lado para disimular el ruido. ¿A qué le tienen tanto miedo?".

"A la guardia", le contestó Rownie.

"Pero ¿a qué le teme la guardia?".

"¿A los piratas?", sugirió Rownie.

Rowan rio.

"No, me refiero a por qué un poco de representación ante un público... No es importante. Es sólo que me gustaría que mi compañía de actores fuera más valiente".

"Yo no estoy asustado", dijo Rownie. "¿Puedo participar en la próxima función?".

"En ésta no. No hay un buen papel para ti en ésta. Y necesito que seas la única cara amistosa entre el público, si es que algún día logramos estar ante uno".

Rownie se desilusionó y Rowan se dio cuenta.

"Déjame escuchar el parlamento que te di. ¿Lo has practicado?".

"He estado practicando", respondió Rownie.

Trató de recordar aquel parlamento ahora, mientras estaba sentado en el pescante junto a Semele. Recordó la primera línea: "Conozco mi camino y puedo adivinar cuál es el tuyo". Pero no pudo pensar en la siguiente.

Otro pensamiento le empezó a picar en el fondo de la mente, en la repisa de las cosas que todavía no entendía.

—Tomás llamó a la función una historia personal. ¿La historia de quién? —preguntó.

—Solamente la mía —dijo Semele—. Nosotros mismos somos historias rudas y sin ensayar que le contamos al mundo. Sujétate, sí, porque hay una vieja raíz de árbol más adelante. Bueno, antes estaba allí y me temo que allí sigue.

Las ruedas de la carreta golpearon la raíz. Los dientes de Rownie chocaron entre sí. Tomás y Essa protestaron desde el interior.

—Entonces, ¿qué pasó con las niñas de la historia? ¿Qué sucedió con las que sobrevivieron? —preguntó Rownie, tratando de ignorar el dolor en sus dientes.

—Nunca se pusieron de acuerdo en cuál había sido la primera y cuál era reflejo de un reflejo. Una Cambió y se convirtió en tamlin. La otra aprendió brujería y nunca, nunca, perdonó a la primera por haber Cambiado.

—Ah —dijo Rownie. Ahora tenía miles de preguntas. Así que le preguntó lo mismo que a Patch—: ¿Cómo Cambiaste? ¿Qué fue lo que pasó?

Semele comenzó a canturrear para sí. Como si examinara las palabras antes de dejarlas salir.

—Un Cambio es un paso enorme hacia un lado —dijo—, a cambio de todos los pequeños pasos que de otra manera habrías dado. Sí. Dejas de cambiar en casi todos los sentidos, después de un Cambio.

179

Eso no resultó muy aclarador.

—Pero ¿cómo sucede? —persistió—. ¿Me está sucediendo a mí?

—No, Rownie —contestó Semele—. Nunca haríamos un Cambio sin la voluntad tuya o de nadie más. No te está pasando ni te pasará, a menos que tú lo elijas. Y si así fuera, necesitaríamos la ayuda de alguien enmascarado y sinCambiar.

Rownie no sabía si estaba desilusionado o aliviado. No estaba seguro de querer que le crecieran los ojos o se le alargaran las orejas o que la piel se le moteara con mil pecas verdes. Pero sí deseaba ser algo más, algo distinto a lo que había sido, y pensó que tal vez los monstruos estaban a salvo de otros monstruos.

Essa abrió la compuerta tras ellos y les ofreció bocadillos de verduras que olían a especias, muy apetitosos. De pronto, la cena fue algo muchísimo más importante para Rownie que cualquier cosa guardada en la repisa del fondo de su mente. Comieron juntos, avanzando entre la niebla hacia la ciudad.

Acto
tercero

# Acto tercero,
## escena primera

Zombay surgió de entre la niebla. Rownie la miró. Nunca antes había salido de la ciudad. Nunca la había visto desde afuera. Nunca hasta ese momento había llegado a Zombay.

Las luces ardían en la oscuridad neblinosa. Constelaciones de faroles y velas brillaban en ventanas innumerables. Los faroles callejeros, escasos en el Lado Sur y abundantes en el Lado Norte, arrojaban su cálida luz sobre el pavimento helado.

La torre del reloj relucía en lo alto. Una luna de cristal marcaba los segundos a lo largo del vidrio emplomado en cada fase, iluminada por detrás con lámparas, servía de faro para las barcas que por la noche navegaban bajo el puente del camino del Violín.

Semele los condujo por el Lado Sur, entre la mezcla de edificios construidos uno sobre otro. Las casas se proyectaban en ángulos extraños, ancladas con cadenas de acero o apuntaladas con tablones clavados en los ladrillos para evitar que cayeran de lado.

Todo ese desorden parecía inclinarse sobre ellos.

Rownie comenzó a respirar con más libertad. Se llenó los pulmones de polvo del Lado Sur y fue reconfortante. Era su hogar. Como fuera, siguió atento a descubrir cualquier rastro de la choza de Graba, pues sabía que podría estar en cualquier parte.

Pezuñas mecánicas golpeaban el camino a intervalos regulares. Algunos faroles solitarios iluminaban ambos lados de la calle.

—¿Estamos cerca de la calle Préstamo? —preguntó Semele—. Creo que sí, pero quisiera estar segura.

—La estamos cruzando ahora —respondió Rownie.

Semele tiró de las riendas hacia el lado izquierdo y Horacio dio una vuelta precisa en esa dirección. La carreta casi se volteó. Rownie se aferró al asiento para evitar ser lanzado y por poco sale volando cuando la carreta se enderezó sobre sus cuatro ruedas con un crujido. En el interior, Tomás y Essa gruñeron.

—Gracias —dijo Semele despreocupadamente—. Sí, no falta mucho para llegar.

Rownie examinó las calles y avenidas familiares, tratando de adivinar cuál sería su destino.

—¿Hacia dónde vamos? —preguntó.

—A casa. No es poca cosa que te mostremos nuestro hogar y te invitemos a quedarte con nosotros. No es algo que hagamos con frecuencia —respondió Semele mientras conducía por la entrada al puente del camino del Violín.

Recorrieron la mitad del puente, después Semele tiró de las riendas y detuvo la carreta con una maniobra abrupta.

—No escucho ruedas ni pisadas en ninguna dirección, pero hazme el favor de mirar si hay alguien cerca, alguien que pueda vernos —dijo.

Rownie miró. Sólo vio niebla y el camino desierto. Las ventanas de los talleres y las casas en ambos lados del puente estaban cerradas y oscuras. Era muy tarde. El camino del Violín dormía.

—No veo a nadie —informó.

—Eso es bueno —dijo Semele.

Condujo la carreta a un pequeño callejón en el lado de río arriba. Después dio la vuelta y se detuvo frente a una pared nada interesante.

—Por favor, abre las puertas del establo —le pidió a Rownie.

—No veo ninguna puerta de establo —dijo mirando la pared frente a ellos.

—Te invito a que las veas —sugirió Semele, y él las vio y no se pudo explicar cómo fue que no las había descubierto la primera vez.

Rownie bajó de la carreta, empujó las dos puertas altas y las abrió de par en par. Semele metió la carreta y Rownie cerró tras ellos. La única luz que había era el brillo naranja del carbón de la barriga de la mula. Rownie no pudo ver más que paredes de piedra y paja vieja. Essa salió tambaleándose de la parte de atrás de la carreta.

—En casa —dijo—. Por aquí hay una cama que no es una hamaca y voy a buscarla.

—No tan rápido, no tan rápido —dijo Tomás desde el interior de la carreta—. Tenemos que colocar las máscaras en su lugar. El resto de las cosas puede esperar a mañana, pero las máscaras deben ser atendidas antes de que nadie se retire a su cama y sus mantas. Por favor, enséñale al chico dónde van sus máscaras.

Essa subió a la carreta de nuevo y salió con un montón de máscaras. El zorro estaba entre ellas, así como el gigante que Rownie usó brevemente en el escenario.

—Ten —dijo Essa—. Toma estas dos y sígueme.

Rownie tomó la del gigante y la del zorro, una en cada mano. Essa sostenía la máscara de la princesa y la del héroe y algunas más. También la media máscara que Patch había usado esa mañana. A Rownie le parecía que había pasado mucho tiempo, años y siglos. Desde entonces muchas cosas habían sucedido.

Siguió a Essa a través de un pasillo hasta una escalera de hierro que llevaba hacia arriba o hacia abajo.

—¡Por aquí! —dijo Essa, desde algún lugar en las alturas.

—¿Qué hay abajo? —preguntó Rownie.

Estaban en el camino del Violín y Rownie no creía que un puente tuviera escaleras hacia abajo.

—Barracas —dijo Essa—, hasta el fondo del pilote principal. La gente montaba vigilancia por los piratas y cosas por el estilo, pero ahora no les importa. Algunas partes del puente todavía tienen ventanitas alargadas y delgadas para disparar cosas desde allí.

Rownie oyó el ruido de engranajes girando. Casi podía oír las piernas de Graba en el sonido. Casi podía verla en la penumbra. Casi sentía cómo abría y cerraba sus garras en la cercanía. Estaba enfadado con Graba por sus maldiciones y sus pájaros, por haber hecho caer a Patch hasta el fondo, y estaba enojado por tener miedo y molesto por haber hecho que Graba se enfadara con él. Apartó todos esos sentimientos en un pequeño terrón de arcilla en su pecho y luego trató de ignorarlo.

La escalera llevaba a un espacio amplio y alto. Resortes y engranajes, pesas y péndulos ocupaban el área central, girando lentamente e intercalándose. Cajas y un desorden de telas y tablas cubrían el suelo. Rownie vio roperos abiertos llenos de disfraces, una mesa de trabajo con todo tipo de herramientas y algunos libreros. Eso era tan asombroso como todo lo demás. Rownie nunca había visto tantos libros juntos.

En las alturas ardían faroles, iluminando enormes círculos de vidrio emplomado empotrados en las cuatro paredes. Cada círculo mostraba la vista de una ciudad con sus edificios y una media luna gris. La visión le era familiar, pero ahora Rownie la miraba desde el interior. Se quedó mirando con la boca abierta y ni siquiera se dio cuenta.

Estaba dentro de la torre del reloj.

# Acto tercero,
# escena segunda

—Por aquí. Trata de que no te golpeen las partes del reloj al pasar —le llamó Essa por encima del hombro.

Rownie la siguió, atontado. En ese momento vio las máscaras.

Cubrían las paredes de río arriba y río abajo. Rownie vio héroes y damas, villanos y encantadores, institutrices y caballeros. Vio máscaras de animales hechas de cuero, de plumas, de piel escamosa de lagartijas y erizadas con dientes. La mayoría habían sido talladas en madera o modeladas en yeso, pero también vio máscaras de latón y de cobre pulido que relucían bajo la luz de los faroles. Vio máscaras delgadas y translúcidas hechas con alas y caparazones de escarabajos y máscaras salvajes hechas con plumas multicolores. Vio a truhanes de narices largas y falsos rostros de espectros. Cientos y cientos de máscaras colgaban de cuerdas sostenidas por clavos, y cada una de ellas parecía observar a Rownie al tiempo que él las observaba.

Essa lo llevó hasta un clavo libre en la pared.

—Muy bien, el gigante va aquí —dijo.

Rownie miró el clavo. Estaba en lo alto de la pared, fuera de su alcance. Essa le dio una pértiga con un gancho en la punta. Con cuidado, Rownie colocó la máscara de gigante en el gancho, la alzó hasta el clavo y la colgó ahí.

—Bien —dijo Essa—. El zorro va allí, por donde están los libros.

Quién sabe cómo, pero señaló el sitio sin soltar lo que llevaba en los brazos.

—Así la encontrarás. Las literas están cerca de la despensa. Si tienes un antojo, come algo antes de acostarte, con confianza, pero no te vayas a terminar el pescado seco porque entonces a Tomás le dará uno de sus ataques de elocuencia y nos dirá por enésima vez que nos vamos a morir de hambre si llega el día (y la verdad es que sí ha llegado algunas veces) en el que nos veamos obligados a escondernos aquí semanas y meses.

Se fue en dirección contraria, moviéndose cerca de la pared que iba río arriba y colgando una por una las máscaras que traía.

Rownie se dirigió a los libreros de la pared de río abajo. Se metió bajo una rueda dentada de una maquinaria del tamaño de un árbol.

"Estoy dentro de la torre del reloj. La compañía teatral vive dentro del reloj", se dijo, lleno de asombro. Un lugar que conocía desde siempre se había vuelto al revés y se había convertido en un espacio misterioso y extraño.

Algo acerca de esto le molestaba y sentía una especie de comezón en la mente, en la memoria. No se le ocurría qué podía ser. Las máscaras lo observaban con ojos de agujero o miradas pintadas. Rownie trató de sostenerles la mirada. Era bueno en los retos de quién aguantaba mejor la mirada. Uno tenía que ser de ojos fuertes en una casa llena de larvas. Pero había demasiadas máscaras para que él solo les sostuviera la mirada y además tenía que fijarse por dónde iba para evitar que las partes del reloj le fueran a dar un golpe. Éste era un concurso de "a ver quién se quedaba mirando a quién" que no podía ganar.

Encontró el sitio para el zorro. Estaba cerca del suelo, así que no fue necesario usar la pértiga para engancharla. Ató la cinta de la máscara alrededor del clavo y la apoyó contra la pared. La máscara de zorro se movió. Ella sola se levantó de la pared y tiró de la cuerda que la mantenía fija. Después se instaló de nuevo en su lugar.

Rownie dio un paso atrás. Se quedó mirando. El zorro se quedó quieto donde estaba y le devolvió la mirada. Rownie permaneció vigilando la máscara un rato más, hasta que comenzó a dudar acerca de si, en realidad, se había movido.

Miró a su alrededor buscando a los demás y vio a Tomás y a Semele llevando una máscara entre los dos. Rownie no la reconoció. Estaba tallada en piedra y tenía algas trenzadas en forma de pelo. Líneas azules y marrones pintadas en espiral cubrían el rostro. Rownie los siguió hasta la mitad de la pared río arriba, donde colocaron la máscara de piedra.

—Esto es el Río —dijo Semele—. Esto es lo que perdimos y dejamos Zombay para encontrarlo.

Rownie vigiló para ver si se movía. No se movió, pero parecía que lo haría en cualquier momento.

—¿Una máscara del río? —preguntó.

—No. *Es* el Río y *también* una máscara. Necesitábamos hablar con el Río, darle un rostro y un nombre, para poder pedirle que no nos ahogue con inundaciones. Así fue como empezó, sí. Ésta es la primera máscara que hice —respondió Semele.

Essa se reunió con ellos. Todos miraban la máscara más vieja, que no se movía ni un pelo.

—Nuestro oficio y nuestra vocación tienen ciertas obligaciones —dijo Tomás. Habló un poco más bajo de lo que acostumbraba—. Ha sido así desde el principio, cuando esas obligaciones constituían el todo de nuestro oficio. No hacer caso de esa parte y esa intención es perderlo todo.

—¿Qué obligaciones? —preguntó Rownie sin desviar la mirada de la máscara que representaba y era el Río.

—Hablar por la ciudad —respondió Essa—. Toda ella. Lado Norte, Lado Sur y toda la extensión del camino del Violín entre ellos.

Sostenía una caja de madera. La abrió. Adentro estaba la ciudad, tallada en un bloque de madera sólida y con forma de rostro. La mitad con las formas sinuosas del Lado Sur y la otra mitad con las líneas rectas del Lado Norte. El puente de la nariz era la torre del reloj y el pequeño reloj hacía tictac al unísono con el enorme reloj de la torre que los albergaba.

—Nonny la hizo, así que debería ser Nonny quien abriera la caja y dijera "taca-ta-tán" o algo así. O al menos poner cara de "taca-ta-tán", pero ella no está aquí, así que "taca ta tán" —dijo Essa.

—Siempre hemos tallado una máscara nueva de la ciudad cuando tenemos que interceder por ella ante la llegada de la creciente. Es que Zombay es un lugar distinto cada vez —dijo Semele.

—¿Eso es lo que quieren que haga Rowan? ¿Interceder por la ciudad? —preguntó Rownie.

—Sí. Es para eso que lo educamos y por eso estamos tratando de encontrarlo. Es por eso que todo el mundo está tratando de encontrarlo —respondió Semele.

—Entonces, ¿quién se pone la máscara del Río? —preguntó Rownie.

—Nadie. Absolutamente nadie. El Río no es una máscara que te puedas poner. Ya no. Te usaría si lo hicieras. Es demasiado vieja, demasiado fuerte. Llenaría tanto al actor, que acabaría por ahogarlo —dijo Tomás.

—Pero escucha. A veces escucha. Y puede ser que te escuche, Rownie, si te pones la máscara de Zombay. Inténtalo ahora —dijo Semele.

—¿Yo? —preguntó Rownie.

—Tú. Hemos estado instruyendo a tu hermano mayor acerca de cómo hacer esto, pero tú también tienes algo de talento —respondió Tomás.

Rownie levantó la máscara de la ciudad y, con mucho cuidado, se la puso. Se colocó la cinta por encima de las orejas y detrás de la cabeza. Vio a los demás a través de los agujeros de los ojos, observándolo expectantes. Le dio comezón en la nuca. Trató de tragar saliva, pero tenía la boca seca.

—Repite lo que digo —susurró Tomás—. "Río de Zombay, el más antiguo camino, tallador del desfiladero, escúchame".

Rownie miró la gran máscara del Río. Sus ojos estaban oscuros y no podía ver nada a través de ellos. Trató de imaginar lo que pasaría si arrojara un guijarro a través de esos agujeros y cuán lejos caería y si habría chapoteo o no cuando golpeara. Entendió cómo alguien podría ahogarse en esa máscara y que la máscara no se daría cuenta de que se ahogaba.

Repitió el parlamento:

—Río de Zombay, el más antiguo camino, tallador del desfiladero, escúchame.

No sucedió nada y nada siguió sucediendo después.

—Ah, caray. No hay que preocuparse. Tu hermano será capaz de hacerlo y nosotros seremos capaces de encontrarlo. O quizá podamos contar con algún actor noCambiado que el alcalde no haya arrestado todavía —dijo Tomás.

Tal vez quiso sonar optimista y lleno de consuelo, pero no lo logró.

Rownie se quitó la máscara de la ciudad y la guardó en su caja de madera.

—¿Por qué ustedes no pueden hacerlo? ¿Por qué tiene que ser alguien noCambiado? —preguntó Rownie. Se sentía pequeño y vacío. Sentía que debía ser mejor en esto de lo que era.

—Lo hemos hecho —dijo Tomás—. Muchas veces. Pero en este momento, la ciudad de Zombay nos excluye y no podemos interceder por un lugar que no nos acepta, donde no somos bienvenidos. Permíteme que te diga que esto hace que sea muy tentadora la idea de sentarnos a ver cómo llegan las inundaciones para que hagan lo que les dé la gana. Nosotros, que hemos pulido nuestro oficio hasta hacerlo brillar con la pátina más fina, ahora nos vemos incapacitados para conmemorar el acto que dio origen a ese mismo oficio. Pero todavía le guardo cariño a este lugar que nos excluye y todavía honramos nuestras obligaciones. Así que por eso le enseñamos nuestro oficio a alguien que sí es bienvenido y que conoce bien ambos lados de la ciudad y el puente que los une.

Rownie pensó que él era ese tipo de persona, pero lo que había sucedido parecía desmentirlo. O a lo mejor no sabía lo suficiente. Tomás se quitó el sombrero, sacó la máscara del emperador de acero de su interior y fue a buscar un lugar vacío en la pared donde colgarla. Lo encontró y la acomodó. Entonces la máscara se movió. Una sacudida estremeció las hileras de máscaras colgadas y todas y cada una de ellas comenzaron a moverse y a tirar de las cuerdas, cintas y clavos.

# Acto tercero,
# escena tercera

El emperador de acero tiró con tal fuerza de la cuerda que la rompió. Cayó al suelo. Después se incorporó. El aire debajo de la máscara se condensó y solidificó hasta formar un cuerpo vestido con túnicas majestuosas. Tenía un cetro de metal en las manos.

—Bien —dijo Tomás—. Esto es perturbador.

La máscara espectral movió la cara de un lado a otro y observó al duende en silencio.

—¿Qué es lo que quieres, viejo visir y mago? —quiso saber Tomás. Golpeó el suelo con el cabo de su bastón, haciendo un ruido de impaciencia.

El espectro enmascarado se acercó, deslizándose por la superficie del suelo. Alzó el cetro y golpeó.

Tomás se movió con la velocidad suficiente para conservar su cabeza, pero no su sombrero. El cetro lo tiró al suelo y volvió a golpear. Esta vez Tomás blandió su bastón como espada y esquivó el porrazo.

—¡Yo mismo te fabriqué! ¡Te he personificado muchas veces y siempre a la perfección! ¡Si tienes alguna facilidad para pelear es la que yo te transmití! —rugió el anciano duende—. Y no te permitiré que sigas maltratando mi sombrero.

El emperador de acero respondió lanzando al suelo el bastón-espada de Tomás. La hoja rebotó y rodó lejos. La figura enmascarada empujó a Tomás con la mano que tenía libre y después desprendió su cara. No había nada allí donde antes estaba la máscara.

La figura se inclinó para enmascarar a Tomás con su propia cara.

Pero ya Rownie corría y gritaba. Alcanzó el bastón-espada de Tomás y lo levantó, pero antes de poder servirse del arma, la máscara imperial se fragmentó en varios pedazos de yeso. El cuerpo se disipó, el aire se volvió imperceptible de nuevo hasta que la nada ocupó el lugar de la figura. La corona cayó al suelo, rebotó y rodó y se quedó quieta.

Nonny apareció en la escalera con una honda en la mano y Patch llegó cojeando detrás de ella. Rownie se alegró de verlos, sintió un grito de felicidad y de alivio, aunque no lo expresó. Nonny había encontrado a Patch. Graba no había podido matarlo con sus pájaros.

—Gracias, mi querida Nonny. Estoy sumamente agradecido y mi corazón canta al verlos a los dos sanos y salvos aquí. Pero debo confesar que hubiera deseado fervientemente que no hubieras destruido esa máscara. El yeso con el que la hice había absorbido más de un siglo de talento teatral y, si recuerdo bien, no fue fácil hacerla —dijo Tomás, mientras se ponía en pie.

—¡Silencio, Tomás quejica! —Essa llegó corriendo desde el otro lado de la Torre y abrazó a Nonny y a Patch con tan cariñosa violencia que los tiró al suelo. Patch se apretó la pierna y soltó un quejido—. ¡Lo siento, lo siento mucho! —dijo Essa—. ¿Estás herido? ¿De gravedad? ¿Acaso te ahogaste y has regresado para espantarnos? Ay, no, ¡di que no! ¡Me chocaría que hablaras todavía menos de lo que hablabas antes!

—Muerto no. Sólo ensopado. Encontré madera a la deriva y me aferré a ella —respondió Patch.

Una máscara de pájaro, con cuerpo, voló sobre ellos y entre los engranajes y ruedas dentadas y palancas del reloj. Otro lo siguió. Tomás hizo un gesto de desagrado:

—¿Alguien sabe por qué está pasando esto? ¿Quién sea? Y Rownie, por favor, devuélveme mi espada, si eres tan amable. Fuiste de lo más valiente al recogerla y plantarle cara al emperador, pero haz el favor de esperar a que te entrenemos en los secretos de la esgrima antes de andar dando golpes con una de éstas.

Rownie devolvió el arma.

—¿Me van a enseñar esgrima? —preguntó con una voz apenas audible y reverencial. Eso era, de seguro, lo más extraordinariamente magnífico que alguien le hubiera dicho en la vida.

—Claro, por supuesto. Es una destreza que todo actor debe tener. El combate épico tiene lugar en muchas de las obras que presentamos —dijo Tomás.

—Y eso también significa que gran parte de nuestras máscaras sabe cómo pelear, sí, lo cual ahora mismo no es algo que nos convenga —dijo Semele.

Muchas de las máscaras se movían, rompiendo las cintas y sacando los clavos de la pared. El aire debajo de ellas se espesaba y se convertía en cuerpos; máscaras con formas y contexturas invadieron la torre. Sólo el Río permaneció en su lugar.

Otro espectro enmascarado se acercó a la compañía. Al principio parecía que estaba sonriendo, la expresión tallada era jovial y alegre, pero entonces se inclinó y desde ese ángulo adquirió un aspecto de sombría intensidad. Sostenía una espada de hoja curva.

—Éste es Bidú. Yo lo enfrentaré —dijo Tomás. El viejo duende esgrimió su espada con un giro de muñeca y se colocó en guardia. Se notaba que su orgullo había sufrido un golpe en el duelo anterior.

—Armas. Todos los demás necesitamos armas. Rownie, allá hay una cesta llena de cosas afiladas y te pido por favor que me ayudes a cogerlas —dijo Essa.

Cruzó el suelo de la torre con Rownie tras ella, quien trató de fijarse en los pistones y engranajes y máscaras voladoras, pero eran demasiadas cosas que tener en cuenta así que simplemente se echó a correr.

Essa encontró la canasta y la vació. El metal resonó contra la piedra y un desorden de armas rodó por todos lados.

—Coge una alabarda —dijo.

Rownie pensó que había dicho "Coge la pata de Graba" y miró asustado a su alrededor, pero después se fijó en lo que había escuchado y preguntó:

—¿Qué es una alabarda?

—Si un hacha y una lanza se casaran y tuvieran hijos, sus hijos serían alabardas. Es un arma que pincha para convencer a las cosas que son más altas que tú de que se hagan para atrás, por favor. Aquí hay una —dijo Essa.

Se la dio a Rownie y ella tomó otra.

Una máscara de pájaro se arrojó silenciosamente sobre ellos, impulsada por su nuevo y sólido par de alas. Rownie dio un grito de advertencia. Entonces la máscara se partió a medio vuelo. Essa esquivó los pedazos que cayeron cerca de su cabeza.

—¡Nonny! —rugió Tomás—. ¡Por favor, no rompas más máscaras nuestras!

—¡Especialmente ésa que está allí! ¡Es mi favorita! —gritó Essa, apuntando con el dedo.

—¿Cuál? ¿La azul? —preguntó Rownie.

Resultaba muy difícil escoger una máscara en medio de ese caos.

—No, la que está al lado, la que se llama Semmerling. ¿No te parece que tiene cara de Semmerling? Es posible que la azul sea mi favorita también, creo. ¿Ves qué cejas tiene? Esas cejas son verdaderamente fantásticas. Ay, oye, ten cuidado con el gigante.

Essa empujó a Rownie hacia la derecha y ella saltó a la izquierda.

Una bota colosal se estrelló en medio de los dos.

Rownie miró hacia arriba. La máscara que había usado miraba hacia abajo. Trató de atraparlo con manos gigantes nuevas. Rownie ondeó la alabarda alocadamente, tropezó y rodó fuera del alcance del gigante. Unos dedos enormes asieron el aire vacío que había sobre él. Rownie se puso en pie y trató de rebanar las botas del gigante, pero las botas eran gruesas y resistentes, o al menos estaban hechas de aire que fingía ser cuero grueso y resistente, así que su alabarda apenas magulló una de ellas.

—¡Apuesto a que no te puedes convertir en una luciérnaga! —le gritó al gigante.

El gigante ignoró la provocación y se lanzó sobre él, para apretujarlo o comérselo o reemplazar su cara con la de Rownie y actuar como un niño que alguna vez hizo el papel de gigante. Rownie no trató de huir.

Las piernas del gigante eran mucho más largas que las suyas y lo agarraría. En lugar de eso dio tres pasos hacia atrás.

El gigante lo siguió. Entonces uno de los péndulos del reloj, oscilante y del tamaño de un árbol, se precipitó sobre él y arrancó la máscara de sus hombros imaginarios.

El cuerpo gigante se desvaneció. La máscara cayó, pero Rownie la atrapó antes de que se estrellara contra el suelo. Levantó la mirada, sonriendo, pero todos estaban ocupados y nadie notó su victoria.

Rownie vio a Patch arrojar cuchillos de malabares y atravesar cuerpos enmascarados; eso bastó para convencer a las máscaras de que los cuerpos no estaban allí y Patch alcanzó a recoger cada una de ellas antes de que se estrellaran contra el suelo.

Vio a Nonny disparar su honda contra los pájaros, tratando de mantenerlos alejados y enteros al mismo tiempo.

Vio a Essa luchar contra sus favoritos.

Escuchó a Tomás rugir toda clase de invectivas en medio de su propio duelo.

Escuchó cómo Semele mantenía a raya a varias máscaras con palabras, palabras antiguas y pesadas.

Rownie colocó la máscara de gigante cuidadosamente en el suelo, empuñó su alabarda y fue a auxiliar a Semele. Tuvo que blandir y ondear la alabarda a través de numerosos cuerpos fantasmales para poder llegar hasta ella. Semele terminó su conjuro y decenas de máscaras cayeron al suelo y formaron un amplio círculo.

—Esto contra lo que estamos luchando es una maldición excelente. Es una maldición que debe ser admirada y reconocida. El vínculo entre máscara y actor ha sido torcido y ahora desean representar a quienes han actuado con ellas —dijo Semele.

—¿Por qué tantas vienen contra ti? ¿Las has usado a todas? —preguntó Rownie. Las palabras le salieron en un jadeo, su alabarda era difícil de manejar y los brazos le habían comenzado a doler.

—No. Las escribí todas y también confeccioné muchas de ellas.

Rownie tiró un lanzazo a dos máscaras narizonas a las que había sido concedido un cuerpo por la excelente maldición, y entonces fue que recordó cómo se había hecho la maldición y cómo había llegado hasta allí. "Es un regalo de bienvenida al hogar", había dicho Graba a Vass cuando le dio el encargo.

—Ya sé quién lanzó esta maldición —dijo.

—También yo lo sé, sí —respondió Semele. De pronto un pichón se posó sobre los engranajes del reloj, encima de ellos. Semele le habló—: Te veo allí. Te veo usando al pájaro, así como usas a los niños mugrientos de tu casa.

El pichón aleteó y silbó.

Semele cruzó los brazos y sorbió por la nariz. No parecía muy preocupada.

—¿Robachicos? A ti te importan un rábano tus niños mientras los tengas contigo. Sólo te importan si alguien más los tiene, si alguien más tiene cualquier cosa que creas que te corresponde. Y bien podrías venir tú misma, sí. Envías a un pichón en tu lugar, te escondes dentro de pájaros y nos tratas de apabullar con nuestras propias máscaras. Podrías haber venido en persona a enfrentarme.

El pichón dio un grito muy poco pichonudo y se arrojó contra Semele.

—No tengo tiempo para ti. No he venido a mi hogar en Zombay por ti —declaró Semele y sacudió una mano, despachando al pichón, que se elevó graznando y desapareció entre los engranajes más altos de la torre.

Rownie no tuvo tiempo de impresionarse. Los espectros enmascarados se unieron en una muchedumbre silenciosa de colores brillantes y formas grotescas y se lanzaron contra Semele. Algunas de las máscaras tenían bisagras en las bocas y los párpados, abrieron mucho los ojos y entrechocaron los dientes. Semele repelió a la mayoría con encantamientos y Rownie peleó con el resto. Aguijoneó una cara falsa y ogresca con su alabarda.

—Yo puedo romper esta maldición. Yo sé dónde está —dijo Rownie en cuanto pudo hacer una pausa y hablar. Sabía dónde la había colocado Vass.

—Entonces ve. Yo los detendré, sí, mientras tú vas —dijo Semele.

Rownie fue.

# Acto tercero,
## escena cuarta

Apresurarse cargando una alabarda resultó de lo más difícil. Rownie tropezó y estuvo a punto de caer. Se dio cuenta de que podía perder un brazo o una pierna si caía. La punta del mango del hacha estaba muy afilada. La soltó y cayó con estruendo, aunque muchas máscaras con cuerpo se interponían entre él y la escalera. Eran demasiadas para luchar, así que simplemente las esquivó. Trató de no deslumbrarse ni distraerse con los repentinos pasos de baile o figuras de combate o colores vivos y formas arremolinadas. Corrió hacia las escaleras y comenzó a bajar.

En los establos todo estaba oscuro, ya que Horacio estaba plegado y no se veía el brillo del carbón. Rownie avanzó tanteando la pared, encontró la puerta y abrió el cerrojo. Salió entre la niebla. Siguió por el callejón y subió los escalones de piedra hasta las puertas principales de la torre del reloj. Las puertas estaban cerradas y selladas. Las cadenas se habían oxidado hacía tanto tiempo que estaban pegadas y no se podían abrir.

Amarrada entre estas cadenas gruesas y oxidadas, Rownie encontró una bolsa de cuero de la que salía humo más oscuro que la niebla. No quería tocarla. Deseó haber conservado la alabarda y así poder pinchar la cosa esa desde cierta distancia, o al menos llevarla en la punta. Pero ya no tenía la alabarda. Sólo tenía sus manos.

Rownie tomó aire, cogió la bolsa de la maldición con las dos manos y la arrancó de las puertas de la torre del reloj.

Esperaba que la cosa estuviera caliente y quemante. No fue así. La bolsa estaba fría y era el frío lo que quemaba.

Se dio la vuelta y buscó el espacio entre los edificios más cercanos para poder arrojar la bolsa al río. El agua corriente era lo mejor para limpiar cualquier tipo de maldición. De pronto, se detuvo.

La máscara de zorro estaba ahí, directamente frente a él, vestida con un traje muy elegante, guantes de cuero y botas de cuero. El zorro asintió cortésmente, un saludo de gentilhombre, de caballero.

No lo atacó. No se quitó la cara de zorro para obligar a Rownie a usarla. No se acercó más. En vez de eso, el zorro se apartó a un lado y movió la pata enguantada con un gesto.

Rownie caminó en esa dirección. Cruzó la calle, sosteniendo la bolsa de maldiciones como si fuera un huevo o un pajarillo que se hubiera caído del nido. El frío que salía de ella lastimaba. Se filtraba hasta los huesos de sus dedos y hacía que sintiera como si sus manos ya no le pertenecieran.

El zorro lo siguió.

Juntos bajaron a lo largo de un callejón por el lado de río abajo, alejándose de la torre del reloj. Rownie se acercó al pequeño parapeto que bordeaba la ribera y soltó la bolsa de la maldición, que desapareció entre la niebla y después en el río. Rownie deseó que el río no se molestara. Se frotó las manos para espantar el frío y comenzó a sentir que, de nuevo, eran las suyas.

—Gracias —le dijo al zorro, pero el zorro ya no estaba allí. La máscara, vacía, estaba boca arriba en las piedras. Rownie la recogió. Se la colgó del cuello con la cinta, sin colocársela sobre la cara.

De regreso en la torre del reloj, había máscaras regadas por todos lados. Rownie miró hacia la cara del reloj que daba río arriba y vio que la luna se estaba poniendo. La noche terminaba. La mañana llegaría pronto. Encontró al resto de la compañía que se había refugiado entre los libreros.

—Bien hecho, Rownie —dijo Semele.

—Sí, muy bien hecho. Tengo muchísimas ganas de saber qué fue lo que hiciste, pero, por supuesto, puedo esperar —dijo Tomás, aguijoneando una de las máscaras con la punta de su bastón.

Essa puso su alabarda a un lado y recogió la máscara de las cejas excelentes.

—Eso fue de lo más extraño. Cada vez que una de mis máscaras se me acercaba, tomaba un poco del personaje y se me dificultaba pelear contra los llorones que me hacían sentir que me desvanecía —dijo.

—En cambio yo estoy lleno hasta los bordes del sombrero con trágica intensidad. Discúlpenme, por favor —dijo Tomás. El viejo duende se alejó hacia un rincón.

—Creo que lo mejor será que no lo molestemos durante un rato —dijo Semele—. Deberíamos poner las máscaras en sus sitios y quizá encadenarlas. Pero esta tarea puede esperar, sí. Va a requerir de mucho cuidado. Algunas sólo pueden ser tocadas con la mano izquierda y necesitaremos muchos pedazos cortos de cadena gruesa. Tenemos que esperar, para asegurarnos de hacerlo bien. Ahora, a dormir, sí.

La compañía se dirigió tambaleándose hacia las literas que estaban cerca de las repisas de la despensa. Rownie los siguió. Encontró una cama para él. Se quitó el abrigo, pues la cama estaba preparada con mantas.

Guardó el abrigo doblado y la máscara de zorro debajo de su litera.

Rownie estaba cansado más allá del cansancio, pero no se durmió. Todavía no. Sus pensamientos giraban como los mecanismos en el centro de la torre del reloj. Daban vueltas y vueltas y no se quedaban quietos.

Se preguntó qué sabría Graba de Rowan y su paradero, qué tipo de información y suposiciones tendría. Se preguntó cómo podría hacer para que ella le dijera lo que sabía. Graba no compartía, pero sí que negociaba, y Rownie le había hecho muchos mandados en el mercado, sabía cómo negociar. Para hacerle una oferta tenía que poseer algo que Graba quisiera, y sí tenía algo.

Tomó una decisión, y después de tomarla se durmió.

# Acto tercero,
# escena quinta

La luz de la mañana se metió por la carátula del reloj orientada río abajo. Un sol emplomado se elevaba desde el borde del horizonte de vidrio.

Rownie despertó después de unas cuantas horas de sueño. Supuso que el resto de la compañía seguía inconsciente. Escuchó ronquidos y vio bultos de mantas en las otras literas. No había forma de saber quién roncaba. A lo mejor era Essa.

Se sentó en el borde de la cama. Las máscaras seguían en el suelo, en donde habían caído. Rownie se puso el abrigo, recogió la máscara de zorro y se preparó un desayuno de frutas secas y pan frío. Se sentía raro al tomar la comida. Sentía como si la estuviera robando, aunque sabía que no lo hacía, aunque Essa le hubiera dicho que estaba bien que comiera lo que quisiera de la despensa. En la casa de Graba, las bocas hambrientas tenían que arreglárselas por sí mismas.

Sentado en el suelo y masticando trozos de fruta seca, con la máscara de zorro apoyada en la rodilla, se preguntó adónde se habría llevado Graba casa y familia. Necesitaba encontrarla, o a alguien que supiera dónde estaba.

Tenía un mensaje para Graba.

Rownie se puso en pie y se metió la máscara de zorro dentro del abrigo. Hacer eso también se sentía como robar. Se dijo a sí mismo que sólo la estaba tomando prestada y deseó que hubiera una oportunidad para devolverla. Además, el zorro lo había seguido la noche anterior por sí solo.

Respiró profundamente y se encaminó hacia la escalera.

—Buenos días, Rownie —dijo la voz de Semele, antes de que Rownie hubiera llegado muy lejos.

—Buenos días —contestó Rownie, sintiéndose nervioso y culpable.

Parecía como si Semele no hubiera dormido nada. Recogió una de las máscaras tiradas y la examinó tristemente.

—Se partió de lado a lado. El haber visto cómo se rompía no es un signo prometedor. La tallamos de un solo bloque de aliso, y el árbol vivo nos lo dio voluntariamente. La mejor madera para hacer máscaras es la de ciprés, aunque la de aliso también es muy buena, y es excelente para hacer barcos y puentes.

El camino del Violín tiene huesos de madera de aliso entre las piedras.

Rownie extendió la mano hacia la máscara rota. Semele se la dio. Al principio la cara parecía simple, sin adornos y sin expresión, pero luego vio una sonrisa, al sostenerla desde cierto ángulo, y un gesto pensativo cuando la sostuvo desde otro. Los ojos también cambiaban, parecían cerrarse al moverla hacia abajo.

—¿De qué es esta máscara? —preguntó.

—Éste es el niño noCambiado, aunque ha sido cambiado al romperse. Por tradición ésta es la primera máscara que un nuevo tallador trata de fabricar y la última que hace cuando ha dominado el oficio.

—Pero tú no comenzaste con ésta —dijo Rownie, al acordarse.

—No. Yo comencé con el Río y trabajé con piedra. Soy bastante más vieja que la mayoría de las tradiciones —dijo Semele.

Rownie le devolvió el niño noCambiado.

—Siento mucho que se haya roto —dijo.

—No es culpa tuya y te lo digo sinceramente. Sí —dijo ella.

—Gracias, pero todo esto lo tengo que arreglar yo mismo. Creo que puedo ayudar a encontrar a mi hermano, o al menos obtener noticias de su paradero —dijo Rownie.

Semele asintió:

—Cuida mucho al zorro. Es vieja, esa máscara.

—Sí, lo haré. Deséame suerte —dijo Rownie, sintiéndose un poco tonto por haber ocultado al zorro en el abrigo.

—Rómpete la cara. Eso significa "que tengas suerte". No me acuerdo por qué es así, pero lo es —dijo Semele con sinceridad y dulzura. Luego miró melancólicamente la máscara rota que tenía en las manos.

—Ah. Bueno, pues —dijo Rownie.

Afuera la lluvia caía en chubascos y pausas. El sol se asomaba entre las nubes, con timidez. Después se escondía de nuevo y llovía. El tráfico de siempre del camino del Violín mantenía la cabeza gacha. Animales y personas, mecánicos y no mecánicos, parecían mirar solamente sus propios pies frente a ellos. No le prestaron atención al niño que surgió de las sombras de un callejón y trepó por los escalones de piedra de la torre del reloj.

Un pichón solitario estaba posado en las cadenas oxidadas. Rownie había esperado encontrar alguno allí. El pichón picoteaba las cadenas con un pequeño tac tac. Parecía confundido, como si se preguntara dónde había quedado la bolsa de las maldiciones.

—Yo la agarré. La rompí. Díselo a Graba, si es que tienes un poco de Graba en la cabeza. Dile que rompí la maldición y puedes decirle algo más —dijo Rownie.

El pájaro abrió las alas y se rascó debajo de una de ellas con el pico. Actuaba como si no viera a Rownie, y como si no tuviera la menor gana de hacerle caso.

—No tiene nada de Graba, pero sí tiene un pedazo mío —dijo la voz de Vass, detrás de él.

Rownie se dio la vuelta. Se irguió como un gigante y no se movió. Lo bueno es que estaba algunos escalones más arriba que Vass y eso ayudaba. Se podían mirar cara a cara.

—¿Rompiste su maldición? —preguntó Vass, maravillada—. Fabricará una jaula con tu piel y tus huesos y meterá sólo a los pajarracos más feos dentro de ti y nunca, nunca limpiará la jaula.

Rownie ignoró su arrogante amenaza:

—Tengo un mensaje para Graba. Tú puedes dárselo. En persona, o con pájaros o como sea que le mandes los mensajes.

Vass estuvo a punto de reírse de él.

—Dígame su mensaje, señor —pidió, burlándose, presuntuosa.

Rownie seguía erguido como un gigante. Erguido como Rowan. No estaba avergonzado. Vass podía reírse de él cuanto quisiera y a él no le importaría. No mucho, al menos.

—Dile que me busque en la estación de trenes del Lado Sur.

La estación podía estar en el Lado Sur, pero era como si estuviera en el Lado Norte. Tenía otras reglas. Allí, Graba estaría fuera de su elemento y resultaría menos fuerte y terrorífica. Vass se dio cuenta de que Rownie hablaba en serio y su gesto de arrogancia se disipó.

—¿Cuándo? —preguntó.

—Ahora. Yo ya voy en camino. La veré allí.

Todavía ignoraba adónde se había llevado Graba la casa, pero ya no importaba. Ahora Graba vendría a él. Vass observaba a Rownie con cautela. Algo cambió en su mirada. Asintió y habló con un poco de algo parecido al respeto.

—Le daré tu mensaje —dijo.

—Gracias —concluyó Rownie. Se dio la vuelta y bajó los escalones.

Vass le gritó:

—Ella odia perder cualquier cosa que cree que le pertenece. Ya lo sabes. No va a permitir que te alejes de ella otra vez.

—Que lo intente —agregó Rownie y por poco le gana la risa. Recordó cómo se había sentido al tender un hechizo de máscara en el mercado flotante.

"No me atraparán", les dijo a las larvas y fue verdad. Todavía tenía al zorro con él. Todavía podía evitar ser hecho prisionero.

Rownie atravesó el puente. Pasó junto a un par de violinistas que combatían su duelo musical, entró en el Lado Sur y aspiró el olor a polvo de esa parte de Zombay. Caminó entre los violinistas: nadie iba ganando.

Pasó junto a algunos miembros de la guardia que marchaban. Era raro ver a tantos en el Lado Sur. Aquí se movían lentamente, con muchos altos y ajustes de dirección. Era un secreto a voces que la guardia odiaba el Lado Sur, todo, con sus calles ondulantes y su ángulos inesperados. Preferían, y por mucho, la precisión de las avenidas del Lado Norte, por las que podían moverse rápidamente.

A diferencia de la guardia, Rownie comprendía estas sinuosas calles. Las plantas de sus pies hablaban su idioma. Sabía moverse velozmente en el Lado Sur. Pasó cerca de pichones, de muchos pichones. Los pájaros lo miraron de lado y él saludó con la cabeza a cada uno de ellos.

—La estación de trenes. Díganle que allí la veré —los instruyó.

Los pichones hicieron ruidos y batieron sus alas. Rownie pensó que lo habían escuchado y que también lo habían comprendido, pero no podía estar completamente seguro, así que repitió lo mismo a cada pájaro con el que se encontró: "La estación de trenes. Díganle. Díganle a Graba".

Rownie llegó a la antigua reja de la estación y se deslizó entre los barrotes. Entró como si de verdad supiera adónde iba, como si tuviera absoluto derecho a espantar en ese lugar, como si él mismo fuese algo a lo que había que temer. Casi creyó que todo esto era verdad.

La estación de trenes del Lado Sur estaba vacía, excepto por los pichones y por Rownie. La luz del sol entraba, polvorienta y turbia, a través de los paneles de vidrio del techo. Se deslizaba por la pátina cobriza de los vagones y caía sobre las curvas oxidadas de las bancas de hierro forjado. Los pichones volaban desde los relojes colgantes y paseaban por el aire ceniciento, dando vueltas, en silencio.

—¡Graba! ¡Tengo algo que decirte! ¡Ven a escucharlo por ti misma! —gritó Rownie al aire vasto y polvoriento.

"Háblame de mi hermano", dijo en silencio. "Ven y dime lo que sea de Rowan. Te cambio eso por la oportunidad de atraparme. Ven, ayúdame a encontrarlo".

Al principio, sólo el silencio le respondió. La luz se opacó y en lo alto las gotas de lluvia tamborilearon sobre el vidrio. Después se escuchó un ruido mecánico que llenó la estación de ecos, rebotando de ida y vuelta entre el piso de piedra y las columnas. Rownie pensó que el ruido podía ser el que hacían las piernas de Graba mientras daban largas zancadas a través de uno de los corredores de la estación, pero no lo era.

Un vagón solitario surgió del túnel al otro extremo de la estación y se detuvo sobre los rieles a unos cuantos pasos de Rownie. Era un vagón auténtico, en funcionamiento, brillante y pulido. Gruesas cortinas cubrían las ventanas del interior. La superficie había sido abrillantada y relucía como un espejo, difícilmente quedaba algo de óxido en ella.

Rownie miró aquella cosa tan espléndida. Avanzó unos pasos.

"¿Cómo habrá llegado aquí?", se preguntó. "Deben haber bombeado toda el agua del túnel".

Las puertas del vagón se abrieron. El capitán de la guardia bajó al andén. Vass lo seguía con una cara totalmente inexpresiva.

—Rownie del Lado Sur —dijo el capitán—, el señor alcalde de Zombay quiere hablar contigo.

# Acto tercero, escena sexta

Rownic no estaba preparado para que eso sucediera. Se quedó con la boca abierta, mirando al capitán. El capitán marchó hacia el frente. Sus botas retumbaron contra la piedra pulida del piso. Los iris de sus ojos hacían tictac en círculos perfectos y diminutos al mirar a Rownie e inclinarse ante él. El capitán lo cogió del brazo y lo condujo hacia el vagón antes de que a Rownie siquiera le pasara por la mente ponerse la máscara de zorro y declararse inatrapable.

—Usted no está bajo arresto —dijo el capitán—, aunque es sospechoso de haber desobedecido los edictos legales de esta ciudad, pero no está bajo arresto. El señor alcalde quiere hablar con usted.

—Está diciendo la verdad —señaló Vass.

Rownie le lanzó una mirada de furia:

—Te dije que tenía un mensaje para Graba.

—Y sería peor para ti si ella estuviera aquí —respondió ella.

La voz de Vass sonó helada, su cara estaba fría: lisas como el vidrio, sin nada que ofrecer.

Vass regresó al vagón. El capitán de la guardia empujó a Rownie a través de la puerta y la cerró detrás de ellos.

En el interior ardían faroles dorados. Cortinas rojas colgaban de las ventanas y la pared del lado opuesto y cubrían el piso. Una larga mesa ocupaba la mayor parte del espacio y un suntuoso banquete de pato asado y fruta fresca estaba servido. Rownie podía oler la piel rostizada del pato. Nunca en su vida había probado pato y en ese momento tenía muchas ganas de hacerlo.

Los cocineros habían vuelto a emplumar el pato y lo habían acomodado derechito, con las alas extendidas. Tanto las alas como el cuello estaban rellenos de pequeños filamentos mecánicos. Las alas se batían lentamente de atrás hacia delante. El pico se abría y salía una pequeña tonada. Una tonada muy bonita. No sonaba para nada como suenan los patos.

El señor alcalde de Zombay rebanó un trozo de carne de la pechuga del ave animada y se comió un pedazo.

Rownie se le quedó mirando. El alcalde le sonrió detrás de su barbita recortada y sus papadas. Se parecía muy poco a su estatua. No era un hombre muy ancho, pero sí que tenía varias barbillas de más.

Vass tomó asiento al lado del alcalde, como si tuviera derecho a estar allí o donde le diera la gana estar.

—Bienvenido, joven señor. Me gustaría ofrecerle empleo en mi compañía privada de actores —dijo el alcalde. Llevaba muchos anillos que chocaban entre sí cuando movía las manos, y sus manos se movían constantemente.

Mientras el alcalde hablaba, el vagón se estremeció y comenzó a moverse. Rownic sintió cómo se deslizaba sobre los rieles y descendía hacia el túnel, por debajo del río, en una línea larga y recta hacia el Lado Norte. El pato asado batió las alas y cantó otra tonada.

Rownie se quedó pensando en las palabras del alcalde. Trató de entenderlas, de darles sentido.

—¿Su propia qué?

—Mi compañía de actores, privada —repitió el alcalde—. Aquí conmigo están unos cuantos.

Dio unas palmadas. Se corrieron las cortinas rojas que estaban al frente del vagón y un pequeño escenario apareció ante ellos. Salieron tres actores, hicieron una reverencia y comenzaron a representar una obra muda. Los tres estaban enmascarados. Una de las máscaras estaba pintada con líneas angulosas y rectas, como un mapa tatuado del Lado Norte coronado con una pequeña guirnalda de torres —las torres de Zombay, no como estaban en la actualidad, sino como habían estado antes—. La máscara tenía un gesto grave y majestuoso. Las otras dos tenían cara de pescado.

Rownie olvidó lo delicioso que debía estar el pato y casi olvidó lo absurdo que era que Vass estuviera sentada al lado del señor alcalde de Zombay.

—¡Usted prohibió la actuación! —gritó. Trató de bajar la voz, pero fracasó—. ¿Cómo es posible que tenga una compañía propia, un escenario privado, si usted mismo los declaró ilegales?

La obra secreta siguió desarrollándose. Los tres actores no parecían darse cuenta o molestarse porque su público hablara entre sí en lugar de prestar la atención debida. Siguieron contado su historia, indiferentes ante quienes deberían estar observando.

—Es verdad. Prohibí el teatro. Pero que algo sea malo para la mayoría no significa que yo no lo disfrute, si puedo hacerlo —dijo el alcalde y sus anillos chocaron entre sí—. Prueba una almendra.

Le guiñó el ojo y le arrojó una pequeña almendra sazonada. Rownie la atrapó. La rabia hervía dentro de él. Gritarle al señor alcalde no era lo más inteligente que podía hacer, y menos bajo la mirada fría y mecánica del capitán de la guardia, así que en vez de eso se comió la almendra. La masticó con furia hasta que no quedó ni un pedacito.

El señor alcalde continuó comiendo y no le ofreció nada más. Vass se comió unas cuantas uvas y tampoco le ofreció nada. El vagón se deslizaba tersamente por los rieles, en algún lugar bajo el río.

—Vienen las inundaciones, lo sabes —dijo el alcalde.

Se lo dijo a Vass, no a Rownie.

—Sí, lo sé, señor —respondió ella.

—Se espera que llenen el desfiladero y que el agua suba hasta el Lado Sur, que está, claro, más abajo y cercano al río. Los daños serán severos.

El alcalde sacudió la cabeza y las papadas ante tal tragedia.

—Hago lo que puedo para prepararme. Estoy reuniendo fondos para reconstruir, cuando las aguas hayan llegado y se hayan ido. Devolveremos a la ciudad sus días de gloria, y ayudaremos a que el Lado Sur se recupere y de paso lo convertiremos en un lugar más ordenado.

—Eso es muy bondadoso de su parte, señor —dijo Vass.

Se comió otra uva. Rownie se dio cuenta de que no podía adivinar si Vass estaba tomándole el pelo al alcalde o sinceramente de acuerdo con él, o burlándose descaradamente. Su cara y su voz seguían lisas como el vidrio.

—Gracias —dijo el alcalde—. Hago lo que puedo. Pero por ahora, antes de que llegue la devastación, lo más sensato es permanecer en el Lado Norte. Debemos quedarnos en lo alto, fuera del alcance de las aguas, y muy especialmente ahora que tengo actores enmascarados para que hablen con el río en nombre del norte de la ciudad.

Hizo un ademán con la mano a manera de saludo hacia el escenario y los actores sin mirarlos siquiera.

—Claro que tú comprendes la situación. Es por eso que viniste a buscarme —le dijo a Vass.

—Sí, señor —dijo Vass. Vass miró a Rownie. Había una expresión nueva en su cara—: Graba odia a los rivales. Los odia. De todas maneras, algún día me tendré que ir del Lado Sur. Algún día, cuando haya aprendido de ella suficiente brujería. Antes había muchas personas que trabajaban con brujería en el Lado Sur, pero ahora sólo queda ella. Graba se asegura de que siempre y para siempre quede solamente ella.

La superficie de vidrio de su voz se quebró un poco. Hablaba como si deseara que Rownie comprendiera.

—Necesito un lugar adónde ir —continuó Vass—. Me iré al norte. El alcalde ha prometido darme una casa. Una casa grande. No tendré que dormir sobre paja. No tendré que salir por las ventanas. No tendré que hacer los mandados de Graba, nunca más. Todo lo que tuve que hacer para lograr esto fue decirle al alcalde dónde estabas.

El alcalde se dirigió a Rownie:

—Como puedes ver, lo mejor sería evitar la parte sur de la ciudad hasta después de que las inundaciones hayan llegado y se hayan ido. Obviamente el puente del camino del Violín no servirá de refugio en esta ocasión. Mientras tanto, te ofrezco empleo y un lugar en mi casa. Es un gran honor servir como miembro de la compañía del señor alcalde. Tienen su propio escenario en mi casa, ¿sabes? Es mucho mejor que la plataforma de duendes por la que has caminado últimamente. ¿Comprendes cuán grande es el honor que te ofrezco?

Rownie comenzó a reír. No pudo evitarlo. Trató de no hacerlo, pero eso sólo le provocó un ataque de hipo.

La sonrisa del alcalde se desdibujó un poco. Comió unos cuantos bocados más de pato. Vass miró a Rownie como si éste se hubiera convertido en un pescado raro. Los tres actores continuaban con su pantomima sin darse cuenta de nada.

—Entiendo. Usted quiere que suceda. Desca que el Lado Sur se ahogue, para hacerlo como el Lado Norte, sólo otra parte del Lado Norte. Usted hizo arrestar a cualquiera que usara máscara, incluyéndome a mí, para asegurarse de que el Lado Sur se ahogaría —dijo Rownie entre hipos.

El alcalde golpeó a Rownie con una mano cubierta de anillos. Le dolió.

—Yo hablo por esta ciudad, niño —dijo con voz helada—. Sí. Nadie se va a poner una pieza de yeso sobre la cara y pretender que habla por Zombay. Nadie va a negociar en nombre de Zombay, ni con ejércitos, ni diplomáticos, ni con el mismo río, a menos que yo lo ordene. Éste es mi cargo. Lo defenderé y tú mostrarás el respeto que merece. No finjas que eres algo que no eres.

—¿Qué soy, entonces? —preguntó Rownie. Era una pregunta sincera.

El alcalde no contestó y Vass tampoco, porque algo se estrelló contra un costado del vagón. El alcalde apartó la cortina roja y descubrió la larga ventana. La luz del farol del vagón iluminó la curva del túnel.

A través del túnel volaban pájaros, rodeándolos, invadiéndolos; sus alas chocaban contra el vidrio de las ventanas.

El alcalde estaba molesto. Vass estaba aterrada. Sus ojos eran como platos.

—Es ella —dijo—. Ha venido por nosotros. No nos dejará cruzar.

—Sólo son pájaros —objetó el alcalde.

Pero los pichones volaban por docenas y montones. El vagón se estremecía cuando se arrojaban entre las ruedas y los rieles. Rownie debía estar asustado pero no lo estaba. Había dejado de fijarse en los pájaros porque la máscara con la corona del Lado Norte se había deslizado de la cara del actor principal. Esa cara le resultaba tan familiar a Rownie como la suya propia.

El vagón se sacudió y se detuvo. Las luces chisporrotearon y se apagaron.

—¿Rowan? —preguntó Rownie en la oscuridad.

# Acto tercero, escena séptima

El alcalde gritó algo. Rownie lo oyó, pero no entendió lo que había dicho. Vass salmodiaba. Una lámpara solitaria iluminaba la pared. Vass la tomó. El alcalde dictó órdenes al capitán de la guardia, quien blandió su espada para romper una de las ventanas. Rownie los ignoró a todos. Miraba a Rowan. Rowan miraba la nada. La cinta suelta de la máscara bajaba alrededor de su cuello. La máscara misma descansaba sobre su pecho. La obra se había interrumpido y ahora ninguno de los tres actores se movía.

El alcalde puso una silla debajo de la ventana rota y le ordenó al capitán que saliera por ahí. El capitán arrastró a Rownie para que saliera con él.

Rownie peleó. Gritó. Puso todo lo que tenía y lo que había tenido nunca en zafarse. Le gritó a su hermano, quien continuó mirando la nada tranquilamente. Rownie siguió peleando pero eso no importó. El capitán cargó con él a través de la ventana arrancando la manga de su abrigo color polvo. El suelo del túnel estaba cubierto por una gruesa capa de pájaros muertos.

El capitán de la guardia informó al alcalde que el túnel estaba vacío, pero que las ruedas del vagón estaban atascadas con pájaros y no podían girar de nuevo. La única manera de regresar al Lado Norte era a pie.

El alcalde salió por la ventana rota. Vass lo siguió; cargaba la lámpara a la que había hablado.

Fue a la luz de esa lámpara que Rownie vio a Graba.

Graba, encaramada en el techo del vagón, bajó con un paso largo y otro más. Se inclinó sobre ellos con las patas extendidas, parecía que el espacio del túnel salía de Graba sólo para que ella hiciera su voluntad.

El capitán de la guardia alzó su espada. Graba se dirigió a él con una salmodia:

—Tus mecanismos están rotos. Tu vista, está rota. Tus visiones están llenas con la imagen de su destrucción —dijo todo eso como si ya fuera verdad y se volvió verdad mientras ella lo decía. Los resortes saltaron y los mecanismos de sus ojos de vidrio se rompieron. Gritó, tropezando, y soltó la espada. También soltó el brazo de Rownie, quien se arrastró de vuelta a lo que quedaba del vagón.

—Ya, ya —dijo Graba al capitán, como si lo estuviera consolando. Extendió una garra y lo arrojó contra la pared del túnel. El capitán se deslizó al suelo, con las manos cubriendo sus ojos rotos.

Graba se volvió hacia Vass y el alcalde. Miró a Vass como decidiendo si era algo que pudiera comer.

—Hola, nieta. Hola, pequeña rival —dijo.

Vass se irguió, derechita.

—Hola, Graba —su voz sonó quebrada y frágil, pero valiente—. No soy tu nieta. Ninguno de nosotros lo es.

—Claro que sí lo son —respondió Graba.

Se acercó a ella y con una mano retiró un mechón de su cara y lo acomodó tras su oreja. El mechón cayó al frente de nuevo.

—¿Qué más podrían ser? —continuó Graba—. Yo los adopté, cuando nadie más se preocupó por ustedes. Les di una casa cuando sus mayores se ahogaron, o se murieron de hambre o huyeron sin ustedes, abandonándolos a todos. ¿A quién perteneces si no es a Graba?

Vass levantó la barbilla:

—Gracias por haber hecho eso. Aun así no soy tu nieta.

Graba se cruzó de brazos y la miró largamente, considerando lo dicho.

—Estoy pensando que tal vez tengas razón —dijo con voz dolida y maravillada—. Es posible que ya no seas mía. Vete al Lado Norte, pues. Obliga al alcalde a cumplir sus promesas y hazlo sufrir si no te da la casa propia que te ofreció. Ya tomaste tu decisión, haz que funcione. No habrá benevolencia si flaqueas, ni de él ni mucho menos de mí.

En ese momento el alcalde decidió hablar, con un tono que sonaba ofendido y a la vez importante.

—No hables de mí como si yo no estuviera presente, hacedora de conjuros.

Graba sonrió. Parecía complacida, como si acabara de hincar el diente en el huevo más exquisito que alguien pudiera imaginar.

—El alcalde *no* está aquí —le dijo a Vass—. Si estuviera, lo lastimaría, y entonces él no podría cumplir las brillantes promesas que te hizo. Éste es mi regalo y será el último. Para que lo disfrutes debes echarte a correr. Todo el túnel se va a inundar y muy pronto. Ya viene la avenida. El día de hoy.

Graba se inclinó hacia delante y entrecerró todavía más su ojo con el párpado caído.

—Deberías decirle a su señoría que aun si el río barre el Lado Sur y lo deja tan liso como una lápida sin tallar, aun así me aseguraré de que jamás de los jamases lo reconstruirá a su gusto. El Lado Sur es mío. Dile lo que dije, ahora. Yo se lo diría, pero él no está aquí. Si estuviera por aquí, yo lo lastimaría muchísimo. Le arrojaría hermosas maldiciones encima.

El alcalde estaba tan furioso que apenas balbució. Vass le puso la linterna en la mano:

—Por favor comience a correr, señor. Usted no está aquí. Usted no debería estar aquí.

El alcalde balbució algo más. Después se dio la vuelta y corrió hacia el norte, en la oscuridad del túnel. Vass se detuvo. Miró a Rownie. Rownie no estaba seguro de lo que esa mirada quería decir. Entonces Vass ayudó al capitán de la guardia a ponerse en pie y los dos siguieron al alcalde. Los tres desaparecieron por el túnel.

Rownie permaneció en la oscuridad, con Graba. Trató de recordar cómo respirar.

# Acto tercero,
## escena octava

Graba habló bajito en un cántico. Los ladrillos y las piedras del túnel comenzaron a fosforescer, con un brillo verde, como gusanos de lumbre. En esa luz verdosa barrió con la mirada a Rownie como examinando una fruta en el mercado, en busca de hongos o manchas. Graba olía como siempre, a moho y plumas.

—¿Tienes un mensaje para mí, raquítico? —preguntó. El aire entre ellos se tensó como una cuerda de violín. Rownie sintió miedo, un miedo que le quemaba los huesos. No echo a correr. Sabía que no podía escapar de Graba, sin escondites en el túnel y con sus largas piernas dando zancadas tras él. Así que le mostró a Graba que no huiría y le dio su mensaje.

—Necesitaba tu ayuda para encontrar a Rowan —le dijo—. Pero ya lo encontré. Está en el vagón. No se movió ni me reconoció cuando le grité. Se quedó donde estaba, con la mirada vacía, y no sé qué le pasa. Por favor, ayúdalo. Yo regresaré contigo. Seré tu nieto otra vez.

Rownie trató de erguirse como un gigante. Graba se irguió como Graba.

—Todavía hueles a raterías y a hojalata.

—Pero no he Cambiado. No soy un duende. No soy un Cambiado. Volveré contigo.

Graba alargó una garra, asió el vagón y le desprendió la parte delantera. El metal gimió contra el metal mientras Graba lo desbarataba. Rownie se estremeció. Era algo que dolía oír.

Ninguno de los tres actores reaccionó ante la vista o el ruido de Graba aproximándose. Con el pie apartó a los dos con máscaras de pescado y se acercó entornando los ojos para examinar al tercero.

La máscara del Lado Norte todavía colgaba del cuello de Rowan. Graba se la arrancó, la arrojó al suelo y la pisó. Rowan parecía no darse cuenta. Estaba muy quieto, mirando la nada.

—¿Qué le pasa? ¿Es algo malo? —preguntó Rownie.

Graba desgarró el frente de la camisa de Rowan. Una cicatriz roja, delgada y limpia le recorría el pecho. Rownie sabía lo que significaba. Trató, con toda el alma, de no saberlo, pero sí lo sabía. El mundo cambió de forma a su alrededor, y la forma nueva no era como debía ser. Graba gruñó y escupió.

—Títere. Su señoría pensó que le podría interpelar a las inundaciones por medio de títeres. Es más tonto de lo que parece —dijo.

—¿Puedes hacer algo? ¿Puedes devolverle lo que le quitaron? —preguntó Rownie.

—No —dijo Graba—. Y tampoco te quiero de regreso. Quizá podrías ser mío de nuevo, pero ya no te necesito. Ya no hay tiempo para que aprendas a ser útil y Graba sabe más que jugar con títeres. El río no bailará al son que le toque un titiritero, ahora las aguas crecidas no podrán evitarse.

Graba trepó sobre las ruinas del vagón.

—¡Ayúdalo! —gritó Rownie.

Ella debía poder ayudarlo. Ella podía cambiar la forma del mundo con sus palabras. Ella era una fuerza de la naturaleza. Ella era Graba.

—Corre, raquítico. Ve con Semele. Huye del río. Yo me llevaré mi casa a las tierras más altas y traeré conmigo a la mayor parte del Lado Sur —dijo Graba.

El chirrido de su pierna se fue alejando con ella.

Las paredes abovedadas de ladrillo brillaban aún con la fosforescencia que el conjuro había atraído sobre ellas. Rownie caminó entre el arruinado vagón hasta donde estaba su hermano, quien no se percató de su presencia.

—¿Rowan?

Silencio.

—Soy yo.

Más silencio llenó el espacio entre ellos. Rownie aspiró una bocanada de silencio frío. Se quedó mirando a su hermano, sólo mirando, allí, en el túnel bajo el río, debajo de donde siempre arrojaban piedras. Buscó en su cara la menor señal de reconocimiento, una chispa de bienvenida. No podía decir qué era lo que veía allí. No supo si los mínimos movimientos de los ojos o la boca significaban algo.

Rownie sintió que era él a quien habían vaciado.

El agua goteaba de los ladrillos de la bóveda. Comenzó a gotear más rápidamente. Una gota golpeó la mejilla de Rownie. Se obligó a moverse. Tomó la mano de su hermano y lo sacó del vagón destruido. Rowan lo siguió dócilmente, sin resistirse, sin voluntad propia.

Rownie volvió por los dos enmascarados con caras de pescado. Los empujó hacia el norte.

—Vayan. Comiencen a correr. No se detengan hasta que estén fuera del túnel, y después busquen escalones y suban.

Los actores lo escucharon. Rownie deseó que pudieran escapar de la inundación.

Rowan y Rownie fueron hacia el sur. Rodearon el vagón, pisando restos de pájaros y de vidrio. El aire se movía por el túnel en un grave gemido. Rownie no entendía el tipo de cosas que el aire decía.

Se desplazaron alrededor de la circunferencia de agujeros y boquetes donde la tierra se había hundido junto a las vías. El aire olía a perro muerto y pescado podrido. Rownie escuchó chapoteos en el boquete más grande. No se asomó por el borde, pero sí le advirtió a lo que fuese que chapoteaba.

—Las aguas crecidas vienen —le dijo al hoyo y a los espectros y a los excavadores—. Cuídense. Ya vienen las aguas.

Quizá lo escucharon. Quizá cada cosa espantadora se enterró para estar a salvo, si es que algún lugar pudiera estar fuera del alcance del río.

Del techo caían más y más gotas. El agua se filtraba entre los ladrillos. Arroyuelos corrían por la tierra bajo la vía y se ensanchaban. La tierra desapareció, los rieles desaparecieron. Sólo había agua, hasta sus tobillos, y luego hasta sus rodillas. La luz de gusano de lumbre que Graba había convocado comenzó a opacarse.

Rownie y su hermano caminaban con dificultad en el agua que subía. Avanzaban lentamente. Rownie no creía que pudieran llegar hasta el Lado Sur antes de que el túnel se inundara por completo. No sabía qué hacer. Se sentía inútil, desamparado, pequeño. Sintió la necesidad de ser algo distinto de lo que era, así que sacó la máscara de zorro y se la puso.

En la luz que se extinguía, Rownie vio el túnel con ojos de zorro.

Vio una puerta en la pared del túnel. Recordó lo que Essa dijo acerca de las escaleras de la torre del reloj: que la escalinata daba la vuelta alrededor del pilote central, y que bajaba mucho, muy abajo.

—Conozco mi camino —le dijo a Rowan— y puedo adivinar el tuyo.

Aunque no pudo recordar todo el parlamento, sabía lo necesario. Atravesó el túnel, como lo haría un zorro, llevando a su hermano detrás. Llegaron a la puerta. Estaba cerrada con llave. Lo que no importó demasiado, porque también estaba oxidada y rota. La madera y el metal se quejaron cuando Rownie empujó, pero la puerta se abrió. En la oscuridad que esperaba detrás de la puerta, Rownie encontró una escalera de metal. Encontró el barandal y lo sacudió con fuerza. Nada se rompió ni se desprendió. No parecía estar demasiado oxidada.

Rowan y Rownie subieron por la escalera, arriba y más arriba.

Pasaron por habitaciones que habían sido barracas, ahora vacías. Pequeños rayos de luz entraban por las estrechas ventanas. La luz parecía brillante y cegadora después de la penumbra del túnel.

Ahora Rownie estaba enfadado. El impulso de la rabia lo hacía avanzar. Su piel estaba enojada, sus huesos estaban enojados, y su corazón estaba enojado por la cicatriz vertical que le atravesaba el pecho a Rowan, donde antes había estado su corazón.

Subieron por el centro del camino del Violín, hasta la torre del reloj. Rownie guió a su hermano entre las máscaras y los péndulos del tamaño de árboles, y debajo de las carátulas emplomadas del reloj.

Se arrancó la máscara de su rostro y gritó pidiendo auxilio.

# Acto tercero,
## escena novena

Semele salió de detrás de los libreros. Essa saltó desde algún lugar en las alturas. Patch salió cojeando de la despensa, con Nonny ayudándolo. Tomás se acercó y la punta de su bastón repiqueteó contra el suelo de la torre.

—¡Encontraste a tu hermano! ¡Magnífico! —exclamó y agitó su bastón en el aire, que produjo un zumbido celebratorio—. ¿Cómo lo lograste? No me lo digas ahora, no te preocupes, cuéntanoslo mientras tomamos una bebida. Bienvenido a nuestro hogar, joven Rowan. Llegan a muy buena hora.

Rownie guardó silencio. Rowan guardó silencio. Semele fue la primera en darse cuenta de los dos silencios diferentes.

—Shhh —le dijo a Tomás—. Shhh.

Levantó el borde de la camisa desgarrada de Rowan y luego lo soltó, cubriendo la cicatriz.

—No sabe quién soy —dijo Rownie. Sintió que su rabia lo abandonaba. No quería que se fuera. Se esforzó por conservarla. El enojo lo impulsaba a moverse. Lo mantenía caliente. Pero ahora las palabras caían de su boca como guijarros fríos—. Sólo se queda ahí, con las costillas todas vacías, y no me reconoce.

Semele le tomó la mano y sacudió la cabeza.

—Sí se acuerda de ti. No tener corazón significa que no tiene voluntad, pero se tiene a sí mismo. Tu hermano todavía está allí. Él todavía sabe todo lo que ha sabido —su voz se tornó más suave y más cuidadosa—. Pero la intención y la voluntad le fueron arrancadas. No posee más impulso que el que otros le dan.

—¿Podemos hallar su corazón? ¿Podemos ponérselo otra vez? —preguntó Rownie.

Semele no dijo que no. No necesitó hacerlo. No dijo una palabra más.

Rownie sacudió la cabeza. Esto no podía ser verdad. Él no podía permitir que fuera cierto.

—Se ve muy calmado —dijo Essa, quien obviamente quería ayudar pero no sabía cómo—. Estar descorazonado no parece tan desagradable.

—Es un títere —dijo Tomás, triste y asqueado—. Ojalá el alcalde coma pasta rancia de hígado y padezca dolores paralizantes. Las inundaciones están a punto de llegar y no hay nadie que hable por la ciudad.

—Las inundaciones están llegando en este preciso momento —intervino Essa—. Lo hubiera dicho antes, pero me pareció grosero interrumpir porque el hermano de Rownie fue descorazonado y me duele muchísimo que eso haya sucedido. Pero ahora debo decirles que las inundaciones han llegado. Pueden ver cómo suben las aguas desde la carátula río arriba.

—También podemos escucharlas —dijo Semele—. Oigan.

Un ruido semejante a un trueno interminable llenó el espacio que los rodeaba. Subió de volumen. Venía de las aguas que corrían bajo el puente y de la máscara más vieja. Pelo flotante de algas trenzadas se movía en melena alrededor de la máscara. Tomás golpeó dos veces el suelo con su bastón.

—¡Todos a sus puestos! —rugió—. Essa, encárgate de la escalera de caracol. Toca las campanas, si es que esos vejestorios son capaces de producir un tañido. Cualquiera que escuche ese sonido y recuerde qué significa, se irá a los cerros. Nonny, ayúdame a echar algunos sacos de arena detrás de las puertas de la Torre. Ni los cerrojos ni las cadenas podrán detener al río si ya subió hasta aquí. Patch, ven a ayudarnos, si es que tu herida te lo permite. Si no, aunque sea, acompáñanos. Rownie...

Tomás hizo una pausa y movió la cabeza:

—Rownie, cuida a tu hermano.

—¿Qué hacemos si el puente se cae a pedazos? —preguntó Essa.

—Este puente ha estado aquí desde hace mucho tiempo —dijo Tomás.

—¡Porque la gente lo reconstruye cada vez! —respondió Essa—. No porque no se caiga. ¡Se ha caído algunas veces!

Tomás volvió a golpear el suelo con el bastón, como si quisiera demostrar que el puente era sólido.

—¡Todo el mundo a sus puestos! —volvió a rugir.

Luego le susurró a Semele:

—Un hechizo o un cántico para mantener estas piedras juntas no vendría nada mal.

—Supongo que serviría de algo, sí —dijo Semele.

—Eres una gran inspiradora de confianza. Redactaré mis últimas palabras mientras amontonamos sacos de arena —dijo Tomás.

Todo el mundo se movió, excepto Rownie y su hermano descorazonado. Rowan parecía estar perfectamente cómodo en ese lugar, se cayera el puente o no.

—¿Estás escuchando? —le preguntó Rownie—. ¿Oyes lo que decimos? ¿Entiendes lo que está pasando?

Le pellizcó el brazo y no obtuvo respuesta. Le pateó la espinilla y tampoco obtuvo respuesta. Entonces deseó no haberlo hecho. Sintió su propio corazón golpear contra sus costillas, como si quisiera alejarse lo más que pudiera.

Las piedras y los mecanismos metálicos de la torre crujieron. Rownie creyó percibir música en ese sonido, pero no podía estar seguro. Entonces el ruido de la inundación se oyó más fuerte. Aullaba y reverberaba en la garganta invisible de la máscara del Río.

El rugido del agua destapó algo dentro del pecho de Rownie. Tuvo una idea.

—Ven aquí —dijo—. Es posible que no tengas voluntad ni fuerza, pero creo que te puedo encontrar un poco.

Tomó la mano de Rowan y lo condujo hasta la primera máscara, la máscara que también era el Río, la máscara que ningún actor usaba jamás. La boca abierta de la máscara tronaba. Rownie tuvo mucho miedo de hundirse y ahogarse en esos ojos sin fondo. La quitó de la pared. Era de piedra, muy pesada. Se tambaleó bajo su peso.

—¿Rownie? —lo llamó Tomás desde el otro lado de la torre—. No sé qué es lo que estás haciendo, pero dudo mucho que sea una buena idea.

—Quizá no lo sea —respondió Rownie, sin devolver la máscara a su lugar. Miró a su hermano y le dijo—: Te voy a poner esto. Espero que no te enojes. Pero si alguien puede evitar ahogarse debajo de esta máscara, ése eres tú.

Rownie se subió a una caja y colocó la máscara sobre el rostro de Rowan. La máscara de Río se adhirió a la piel del chico. Las líneas entintadas y pintadas fluyeron sobre su cara. Echó la cabeza hacia atrás, abrió la boca y dio un grito inmenso y sin palabras, con una voz capaz de cavar cañones en la piedra. El sonido era un puente de agua entre las montañas y el mar. Rownie saltó al suelo y gritó contra esa avalancha de ruido.

—¡Rowan!

Rowan lo miró. Su pelo se movió alrededor de su cabeza como un manojo de algas arrastrado por fuertes corrientes. Sus ojos se habían llenado, enormes.

—Hola —dijo Rownie al río, que también era su hermano—. Por favor, no nos inundes.

—¡Esto no es muy buena idea! —señaló Tomás, mientras se acercaba apresuradamente—. ¿Dónde está la máscara de la ciudad? ¡Nonny, trae la máscara de la ciudad! ¡Aprisa, aprisa, aprisa! ¡La fuente de todo nuestro arte está fluyendo y nadie lo ha ensayado!

Los duendes se reunieron. Nonny le ofreció la máscara de Zombay. Rownie la tomó, pero no se la puso, ni desvió la mirada de los ojos sin fondo de su hermano.

—¿Recuerdas tu primer parlamento? —le preguntó Tomás.

Rownie asintió.

—Camino más antiguo. Hermano mayor. Escúchame. Te ruego que no nos inundes.

—No está mal —dijo Tomás—, pero debes ponerte la máscara si tienes la intención de hablar en nombre de la ciudad.

—No —contestó Rownie con la máscara de Zombay en las manos pero dejándose la cara al descubierto—. Tiene que ver que soy yo. Tiene que saber que soy yo.

La corriente golpeaba contra los pilotes del puente, debajo de ellos. La roca crujía contra la roca. Los mecanismos del reloj forcejeaban unos contra otros con alarmantes chirridos metálicos. El mismo Tomás hacía ruidos de exasperación.

—Lo que sigue es "Hablo por la ciudad, por toda la ciudad, por el norte, por el sur y por el puente que los une".

—Por favor, no nos inundes —pidió Rownie—. Por mí y por todos, por todos los que vivimos en Zombay.

El Río, quien también era Rowan, se inclinó y le dio un golpecito en la nariz a Rownie.

—Bonita máscara que tienes ahí —dijo, con el estrépito pleno del río.

Rownie frunció el ceño como un pirata.

—La tuya es mejor —respondió.

—Gracias —dijo Rowan—. Gracias por echarme a andar.

Las líneas de la máscara del Río fluían sobre su cara. Rownie abrazó a su hermano y su hermano lo abrazó también.

—De nada. Por favor, no nos inundes —pidió.

—Te escuché la primera vez. Pero si quiero lograrlo, me tengo que ir —Rowan habló suavemente, pero su voz rugía como un trueno.

Rownie quiso discutir pero no lo hizo. En cambio, asintió:

—¿Regresarás alguna vez?

Rowan sonrió.

—Tú sabrás cómo encontrarme.

Los hermanos se separaron. Rowan apoyó las dos manos sobre el muro de río arriba. Desde las yemas de sus dedos corría agua y chorreaba entre las piedras, debilitando el cemento que las unía. Rowan empujó. Un montón de piedras cayó hacia afuera.

A través del espacio que se abrió, Rownie vio la inundación. Casi todo el desfiladero estaba anegado. Las olas arrancaban peñascos y árboles de las riberas en ambos lados.

—Adiós —dijo Rowan, con ojos inmensos y el pelo flotando en el aire como si fuera agua.

—Adiós —contestó Rownie.

Su hermano saltó por el borde. Atravesó el aire como un pez volador y se hundió en la superficie de sí mismo.

La compañía se reunió alrededor de Rownie. Miraron cómo las aguas crecidas se apaciguaban, se detenían, disminuían y fluían debajo de ellos, debajo del puente del camino del Violín.

# Acto tercero,
## escena décima

Por la tarde, Rownie salió de la torre del reloj con un guijarro verde y gris en su único bolsillo. Pasó junto a un montón de músicos del camino del Violín, más de los que había visto nunca o escuchado en el puente, pero tenía demasiadas cosas en su cabeza y no prestó atención a la música que estaban tocando.

Quería estar a solas en el lugar para arrojar guijarros, pero Vass estaba ahí, esperándolo. Estaba sentada sobre el parapeto, jugando el juego del estambre con los dedos. No levantó la vista. Rownie trepó al parapeto y se sentó a su lado.

—¿El alcalde te dio la casa que te había prometido? —preguntó.

—Uy, sí. Una casa polvorienta y embrujada, aquí mismo en el camino del Violín y es toda de mi propiedad —respondió ella.

—Te prometió una casa en el Lado Norte.

—Lo hizo —dijo Vass—, pero al final no quedó muy contento conmigo, aunque logré sacarlo del túnel. La verdad es que no me importa tanto. No estoy tan apegada al Lado Norte y vivir en un refugio tiene sus ventajas. No se puede arrestar a nadie en el camino del Violín.

Uno de sus dedos se enredó en la figurita de cordel y trató de desenredarlo. Maldijo. La telaraña de cordel se convirtió en ceniza y el viento se la llevó. Volvió a maldecir, sacó más cuerda de una bolsa que traía en el cinturón y empezó de nuevo.

—Hablando del refugio, si yo fuera tú, no me alejaría del camino del Violín. Su señoría está muy molesto contigo. He visto algunos letreros con tu cara y tu nombre —dijo.

—Yo no tengo nombre propio. Sólo el de mi hermano, en diminutivo —respondió Rownie sin amargura, pero Vass se estremeció cuando escuchó sus propias palabras en la boca de él.

—Creo que ahora ya es tu nombre —dijo ella.

—Quizá —dijo Rownie y miró el río, que corría mucho más alto de lo usual—. Quizá ahora es mi nombre.

Al decirlo en voz alta, lo volvió más verdadero.

Vass enredó los dedos en el cordel de nuevo. Aguantó las ganas de maldecir y liberó los dedos. Parecía que luchaba con las palabras tanto como se peleaba con el cordel.

—Perdóname. Perdóname por haber llevado al alcalde y al capitán adonde estabas. Perdóname por lo que le pasó a Rowan. Yo no sabía lo que le habían hecho. De verdad no lo sabía. Creí que si te entregaba al alcalde no sería la mitad de malo de lo que Graba probablemente hubiera hecho contigo. Estaba equivocada. Perdóname —dijo finalmente.

Sorprendido, Rownie la miró.

—Gracias —dijo.

Vass lo miró y luego volvió el rostro.

—Parece que Graba te va a dejar en paz. El Lado Sur no se inundó. Estará muy contenta con eso, lo más contenta que ella puede estar. Y sabe que tuviste algo que ver. Así que lo más seguro es que te deje en paz.

—Bueno. Así no tendré por qué preocuparme si veo pichones —contestó Rownie.

Los dos miraron el río pasar debajo del puente del camino del Violín. Después Vass abandonó su juego del cordel y se bajó del parapeto.

—Voy a estar por aquí, en caso de que necesites algo maldito o hechizado —dijo.

—Adiós, Vass. Suerte con las maldiciones y los hechizos —dijo él. Estuvo a punto de decirle "Rómpete la cara" en lugar de "Buena suerte", pero se imaginó que ella no sabría cómo interpretarlo.

Una vez a solas, sus dedos encontraron el guijarro en el bolsillo del abrigo. Lo puso sobre el borde y lo giró, como un trompo. Después lo arrojó para decir "hola". Rownie miró cómo su hermano se alzaba para atraparlo.

Se bajó del parapeto y regresó a la torre del reloj. Entró por las puertas del establo, las que Semele le había invitado a ver. Regresó a aprender el oficio de las máscaras y esgrima y todo lo demás que formaba su nueva profesión. Regresó a tiempo para cenar.

La torre olía a comida. Olía a mantequilla y a sabroso. Le recordó que estaba hambriento, que el hambre siempre lo seguía y zumbaba detrás de todo lo que hacía. Le recordó que ya no tenía que rascarse con sus propias uñas en ese lugar. Se quitó el viejo abrigo de su hermano mientras subía las escaleras y encontró un perchero de disfraces donde colgarlo. Se sintió un poco raro sin él.

Alguien, quizá Nonny, había colocado una estufa de leña afuera de la despensa y le había añadido un tubo largo de metal para una chimenea. El humo subía por el tubo y se elevaba entre los mecanismos del reloj.

Tomás estaba de pie junto a la estufa, con un delantal. Puso varias cucharadas de masa en una sartén plana. Semele estaba sentada cerca de él, con un libro en las manos y los pies sobre un banquito. Los dedos de sus pies apuntaban hacia la estufa. Se estaban calentando, absorbiendo la calidez. Nonny, Patch y Essa estaban tumbados en el suelo, jugando a las cartas. Tomás levantó la vista, vio al niño, gruñó y le sirvió un pan cocinado en un plato.

—No te vayas a quemar los dedos —dijo el viejo duende.

Rownie tomó el plato y se sentó al lado del resto de la compañía. Los dedos le temblaban de hambre y se le hacía agua la boca, pero esperó a que su cena se entibiara.

# Notas de la traductora

1. Graba es una de las dos hermanas de la bruja rusa Baba Yagá, conocida también como Baba Yagá Pata de Hueso, ya que una de sus piernas está hecha con un enorme hueso tallado y labrado para tener aspecto humano. Además, la casa de Baba Yagá anda por toda Rusia sostenida por patas de gallina.

2. Tam Lin es el nombre de un héroe de los cuentos de hadas escoceses a quien la Reina de los Elfos secuestró porque se había prendado de él. También una joven humana se enamoró de él: la valiente Janet, quien lo rescató del mundo élfico abrazándolo a pesar de que Tam se transformó en distintas cosas mientras estaba en los brazos de la chica. Finalmente, Tam se convierte en un carbón ardiente y Janet lo arroja a un pozo, del cual sale convertido en un hombre.

**③** "Cambiado" del inglés, *changeling*. Según las leyendas, el *changeling* es un duende o trasgo que ha sido envuelto en mantas y colocado en la cuna en lugar de un niño humano. Así, los duendes o trasgos engañan y distraen a los padres mientras el bebé es llevado al mundo de las hadas para ser criado allí. Cuando el truco es descubierto, el *changeling* generalmente desaparece por medio de la magia.

**④** En esta parte de la historia, la actividad de Graba con el mortero para hechizar a Rownie semeja la de su pariente Baba Yagá, quien incluso vuela dentro de un mortero mágico del tamaño de una bañera y se impulsa por los aires con el almirez.

**⑤** "Espectro" del árabe, *ghoul*. Los gules son muertos poseídos por demonios que se alimentan de cadáveres y que espantan en lugares abandonados y cementerios. Aparecen en varios cuentos de *Las mil y una noches*. En Zombay se dice que hay espectros en la estación del Lado Sur por la cantidad de excavadores que murieron cuando el río inundó los túneles.

**⑥** En Zombay se dice campo luminoso en lugar de camposanto, es decir, cementerio.

# Agradecimientos

Una mezcla de elenco y tripulación creó este libro, y estoy profundamente agradecido por el apoyo profesional, estético y emocional que recibí mientras lo escribía.

Gracias a Karen Wojtyla y a Emily Fabre por su extraordinaria y precisa pauta editorial. Gracias a Beth Fleischer, Joe Monti y Barry Goldblatt por su erudita habilidad para hacer de agentes. Gracias a Holly Black, Kelly Link y Catherynne M. Valente por alimentar los primeros escritos que sucedieron en Zombay. Gracias a Barth Anderson, Haddayr Copper-Woods, David Schwartz y Stacy Thiezsen por alentarme y criticarme sin reservas. Gracias a los profesores Phyllis Gorfain, Paul Moser, Roger Copeland Michael Faletra, Andrew Barnaby y Richard Parent por su conocimiento y su voluntad para compartirlo. Gracias al Minnesota State Arts Board y al Minnesota College of Art and Design, y al Rain Taxi por todo lo que hacen para apoyar al talento y a las letras locales.

Gracias a los maestros hacedores de máscaras Bidou Yamaguchi y Jeff Semmerling; los dos me proporcionaron información invaluable acerca de su arte y en este libro aparecen dos máscaras cuyos nombres tienen que ver con ellos. Gracias a todos los artistas asombrosos que crearon máscaras basadas en mi mascarada. Por favor, vayan a goblinsecrets.com para sorprenderse con su trabajo y para ponérselo.

Gracias a mis sobrinos Isaac, Navarro, Kyla y Suzannah por recordarme muchas cosas que ya había olvidado acerca de la infancia. Gracias a Melon Sedgwick, Jon Stockdale, Ivan y Rachel Bialotosky, Nathan Clough, Ahna Brulag, Felizia Batzloff, Will Adams, Matthew Aronoff, Bradford Darling, y a Bethany, Khel, Kay y Guillermo Alexander. Todos ellos vagaron por Zombay y me contaron cosas que yo ignoraba de ese lugar.

Miles de gracias a Alice Dodge por alimentar este libro en cada una de sus etapas —y también por haberse casado conmigo—.

Esta obra se imprimió y encuadernó
el mes de julio de 2014,
en los talleres de Jaf Gràfiques,
en la ciudad de Santa Perpetua de la Mogoda.